CHRISTOPHE
CARLIER

Der Mörder mit dem grünen Apfel

Kriminalroman

Aus dem Französischen
von Holger Fock und Sabine Müller

Deutscher Taschenbuch Verlag

Der Textausschnitt auf Seite 7 stammt aus:
Pierre Carlet de Marivaux, *Das Leben der Marianne*, Teil V,
übersetzt von Paul Baudisch, München 1968, S. 221

Deutsche Erstausgabe
2014
Deutscher Taschenbuch Verlag GmbH & Co. KG, München

Titel der französischen Originalausgabe:
›L'Assassin à la pomme verte‹
Für die deutschsprachige Ausgabe:

Umschlagkonzept: Balk & Brumshagen
Umschlaggestaltung: Wildes Blut, Atelier für Gestaltung,
Stephanie Weischer unter Verwendung von Fotos von
plainpicture/Mohamad Itani und Relax Images
Gesetzt aus der Arno Pro
Satz: Fotosatz Amann, Memmingen
Druck und Bindung: GGP Media GmbH, Pößneck
Gedruckt auf säurefreiem, chlorfrei gebleichtem Papier
Printed in Germany · ISBN 978-3-423-26027-5

Für Mercedes Deambrosis,
natürlich

»Unter den Kostgängerinnen gab es eine ungefähr Gleichaltrige, die so hübsch war, dass sie sich für schön hielt, aber in so übertriebenem Maße, dass es geradezu albern war. Man sah sie nur mit ihrem Gesichtchen beschäftigt, nichts anderes hatte sie im Kopf. Sie konnte sich gar nicht damit abfinden, und wenn sie mich ansah, hättest du meinen können, sie wolle dich allemal nur ihre großen Augen bewundern lassen, denen sie jeweils einen stolzen oder sanften Ausdruck verlieh, ja nach Lust und Laune, je nachdem, ob sie dir imponieren oder dir gefallen wollte.«

MARIVAUX, *Das Leben der Marianne,* Teil V

SONNTAG

Craig

Als ich nach der Landung des Flugzeugs und nach den üblichen Formalitäten und Unannehmlichkeiten endlich in ein Taxi steigen konnte, hatte ich tatsächlich das Gefühl, in Frankreich zu sein.

Der Wagen fuhr schnell. Ich war wieder in Paris, und wie immer erwarteten mich dort die Poesie der Abnutzung, die Steinmauern der Mietshäuser mit den abgerundeten Ecken und die trügerische Höflichkeit der Passanten, unter der gelegentlich eine gewisse Unflätigkeit zum Vorschein kommt.

Die Zeitverschiebung hatte mich in eine träge Sanftmut versetzt. Einige Minuten lang überkam mich ein Gefühl des Wohlbehagens. Das ist bei mir nicht üblich. Eher eine dumpfe Wut gegen meinesgleichen, von der ich glaube, dass sie wahrscheinlich das letzte Gefühl ist, das ich empfinden werde. Noch auf dem Leidensbett, an das mich eines Tages Schläuche, Gurte und Infusionen fesseln werden, wird mir die Langsamkeit einer Krankenpflegerin, das Schnaufen eines Bettnachbarn oder das endlose Echo eines Flurgesprächs auf die Nerven gehen.

Der Taxifahrer hielt vor dem größten Haus an der Rive Droite, dem *Paradise,* wo ein Zimmer für mich gebucht war. Mehrere Institutionen hatten mich nach Paris eingeladen, und ihre vereinte Großzügigkeit mündete in dieser edlen Fassade, die eine von gedämpfter Aktivität brummende Hotelhalle barg.

An bestimmten Details erkennt man, dass es vorangeht im Leben, dass man nun mehr Rücksichtnahme erfahren wird, als man eigentlich verdient. Diese winzige Niederlage, die auch gesellschaftlicher Erfolg genannt wird, begleitete mich, während ich mich zwischen imponierenden Geschäftsleuten, reichen Touristen und schönen, mit sich selbst beschäftigten Ausländerinnen in die Drehtür drängte.

An der Rezeption empfing mich ein junger Mann mit blauen Augen und langen, weißen Händen, der mich sogleich auf Englisch ansprach. Der Akzent war in Ordnung und der Ton, der genau in der Mitte zwischen Höflichkeit und Unverbindlichkeit lag, vollkommen angemessen. Das Personal großer Häuser erniedrigt sich nicht, um Ihnen zu Diensten zu sein. In den Begrüßungsworten des Rezeptionisten hielten sich Zuvorkommenheit und Gleichgültigkeit die Waage. Ich spreche mit Ihnen, und ich übergehe Sie, ich bin hier und anderswo, stehe Ihnen zur Verfügung, bin aber nicht für Sie da. Ein Wesen, so höflich und so glatt wie eine Marmorstatue, in der ein kleines menschliches Flämmchen mal aufflackert, mal erlischt.

Der Liftboy fragte mich, ob ich eine gute Reise gehabt hätte, dann, ob ich mich freute, in Paris zu sein. Was blieb mir anderes übrig, als wie erwartet die Rolle des von der Hauptstadt überwältigten Touristen zu spielen? In unbeholfenem Französisch antwortete ich, angenehm, wirklich angenehm, und dass ich glücklich sei, in Paris zu sein, aber was ging ihn das eigentlich an? Warum zog er nicht wie ich das Stillschweigen solchen Banalitäten vor? Als ich im vierten Stockwerk ankam, hatte er mich schon ziemlich genervt, mit seiner guten Laune und seiner scheinheiligen Art.

Man führte mich zu meinem Zimmer. Trotz der doppelten Einschränkung durch Platzmangel und uraltes Mobiliar schaffte es die Raumausstattung, einen Eindruck von Opulenz zu erzeugen. Ein Spiegel verdoppelte den mickrigen Gang. Farbig abgesetzte Draperien kleideten die wackelig in ihren Rahmen hängenden Fenster prunkvoll ein. Die Wände waren mit Stoff bespannt, und die Motive, Reproduktionen von Genreszenen, kehrten in Blau oder in Rot von einer Wand zur anderen wieder. So bekennt man sich in diesem patriotismusarmen Land, wo jeder Chauvinist ist, zu den Landesfarben. Das Hollywood-Bad war ein Bravourstück, auch wenn man unter dem Marmor und Gold die Banalität des Intimen nicht verbergen konnte. Ich brauchte keine drei Minuten, um meinen neuen Wohnsitz abzuwandern. Alles in allem war ich gut untergebracht, in der Art, wie man eine Pflanze eintopft.

Ich bin dann gleich ausgegangen, setzte mich nicht einmal aufs Bett, wo ich wahrscheinlich allzu schnell eingeschlafen wäre. Es gibt einen Zeitpunkt, um versäumten Schlaf nachzuholen, und vorher einzudösen ist ein Fluch.

Ich marschierte in der herbstlich kühlen Luft unter den Arkaden der Rue de Rivoli in Richtung Louvre, dann bog ich aufs Geratewohl in eine Seitenstraße ab. In diesem Stadtviertel, in dem niemand wohnt, spiegeln sich schon im Namen der Luxushotels Hochmut und Elend des Menschen wider. Das *Paradise,* wo man mich einquartiert hatte, versetzt seine Gäste in jenen Glückszustand, der dem Sündenfall vorausgeht. Nicht weit entfernt davon bringt das *Ritz* mit dem Zischen einer Schlange die Lust in den Garten Eden.

Nichts hatte sich seit meinem letzten Aufenthalt verändert. Zwischen kreischenden Gruppen und seligen Pärchen latschten die Pariser unwillig über das Pflaster an einem der schönsten Flecken der Welt, der ihnen nichts weiter zu bieten hatte als den Fortbestand seiner schwermütigen Pracht. Die meisten gingen schlafwandlerisch ihrer Wege, ein Handy am Ohr. Die Einzigen, die meine Anwesenheit zu bemerken schienen, taten dies nur, um mir zu bedeuten, mit welch maßloser Langsamkeit ich ihnen den Weg frei machte. Ich kam aus einer Welt, die sie mit Plumpheit und Modernität gleichsetzen mussten und die untergründig tatsächlich am Untergang der ihren arbeitete. Unsere Begegnung stand unter dem Stern eines lauwarmen Krieges.

Sébastien

Hochstapler und Hoteldiebe nennt man im Französischen »Hotelratten«, viel besser würde diese Bezeichnung allerdings zum Hotelpersonal passen. Ich gehöre zu jener Rasse, die in Rudeln lebt und eine unermüdliche und unterirdische Betriebsamkeit entfaltet. Für unsereins, die wir an Bord arbeiten, ist das *Paradise* kein Luxushotel, sondern ein riesiges Schiff, industriell und poetisch, das zufällig am Ufer der Seine gestrandet ist. Wir sind an Bord gegangen, weil wir Hunger hatten, und wir springen nicht mehr ab.

In der Anfangszeit, als Page in gestreifter Weste, bebte ich vor der morgendlichen Flut, die Gepäck-Pyramiden und Gäste-Karawanen in die Halle schwemmte. Ich empfing diese Tagesgäste begierig. Ich trank ihre Stimmen. Ich rieb mich an ihrem Akzent. Seit ich dem Nachtdienst an der Rezeption zugeteilt bin, eine Beförderung, die mir bestimmt mein fragwürdiger Ruf als Kunststudent eingebracht hat, betrachte ich sie respektvoller. Die Reisenden erscheinen mir entrückter, seit ich nicht mehr ihre Koffer tragen muss. Hinter dem Empfangstresen verschanzt, reiche ich ihnen ihre Schlüssel. Beantworte ich ihre Fragen. Begegne ich ihnen mit der buddhistischen Weisheit eines Bordellbesitzers, für den die ungewöhnlichsten Perversionen zum Déjà-vu werden.

Seitdem kommt es selten vor, dass ich in die Etagen hinaufgehe. Das ist schade. Ich mochte es, über den dicken

Teppich zu gehen und die Gäste durch ihre Suite zu führen. Übrigens verachten die meisten diese Komödie von Kronleuchtern und Vorhängen, die allein zu ihren Ehren veranstaltet wird. Für sie ist Bewunderung eine Sache der kleinen Leute. In den Sphären, in denen sie sich bewegen, hört die Schönheit auf, ein Schauspiel zu sein, und wird zum Vorrecht, das zu genießen albern wäre. Hat man je gesehen, dass ein General einer Militärparade Beifall klatscht?

Das *Paradise* bietet ihnen ein fiktives Leben, das dem wirklichen so ähnlich ist wie ein Aquarium der Tiefsee. In dieser illusionistischen, dekorativen und stillen Kulisse bewegen sie sich mit natürlicher Eleganz. Wenn sie durch die Halle gehen, könnte man sie für exotische Fische halten, die in gleichmäßigen Abständen zwischen lieblichen Algen hindurchgleiten.

Craig

Nachdem ich fast eine Stunde spazieren gegangen war, kehrte ich ins *Paradise* zurück. Ich warf einen Blick in die Bar. In den dunkelroten Sesseln beinahe hingestreckt, die schmalen Finger graziös um einen Drink gelegt, ergab eine Frau sich der Langeweile wie einem jener starken Gefühle, auf die man sich ganz und gar einlässt. Drei Meter neben ihr schwang ein Italiener unbestimmbaren Alters

Reden über nichts und für niemanden, in denen er sich über irgendetwas beklagte. Ein Selbstgespräch wie eine Comedy-Nummer, akzentuiert von Antworten auf imaginäre Zwischenrufe. Ich ergriff die Flucht, bevor er Gelegenheit hatte, mir die Rolle des Publikums aufzuhalsen.

Ich misstraue der Menschheit in Hotels und auf Flughäfen, genau wie mir Durchgangsorte ein gewisses Unbehagen einflößen. In einem Flur fühle ich mich stets verpflichtet, schneller zu gehen. Im Hotel stehe ich früher auf als zu Hause. Es muss einmal gesagt werden, dass alles darauf hinausläuft, Ihnen das bisschen Komfort wieder zu rauben, das Ihnen so teuer verkauft wird. Ich bin immer verwundert über die Eindringlichkeit, mit der man Ihnen mitteilt, wann Sie Ihr Zimmer verlassen sollen, noch bevor Sie es überhaupt gesehen haben. Dabei ist das so unnötig wie die Ansage auf einem Anrufbeantworter, man könne nach dem Signalton eine Nachricht hinterlassen. Kein Mensch spricht vorher.

Sébastien

Über alle, die mich ansprechen, und über alle anderen, denen ich in der Halle nur hinterhersehe, denke ich mir meinen Teil oder male mir etwas aus. Wir wechseln nur höfliche Floskeln in einem gewagten Französisch oder einem entsprechenden Englisch. Und doch begleiten mich ihre nahezu undeutlichen Gesichter und Gestalten über die Sphäre des Hotels hinaus bis in mein zweites Leben.

Seit ich im *Paradise* arbeite, habe ich zwei eigenständige Existenzen. Eine an der Rezeption, glatt und unerschütterlich. Ich tue die ganze Nacht Dienst, fügsam, befähigt, ohne jede Ermüdung. Die zweite ist ein Leben gegen den Strich. Ich stehe spät auf. Ich trödele bis zum Frühstück herum. Ich halte nachmittags ein Schläfchen wie ein alter Herr, wenn ich eigentlich zur Kunsthochschule gehen sollte. Gegen sechzehn Uhr löse ich mich aus meiner Schlaffheit. Ich rasiere mich, dusche und klatsche Gel auf mein Haar. Ich schnalle meinen Gürtel zu und binde meine Schnürsenkel. Ich knote meine Krawatte. Ich steige zur U-Bahn hinunter.

Mein Leben gegen den Strich endet, wenn ich an der Haltestelle Concorde aussteige. Sobald ich den Fuß auf den Bahnsteig setze, verwandle ich mich in den anderen, der ich bis spät in der Nacht sein werde. Sébastien. Hier schluckt mein Vorname meinen Familiennamen. Ich bin Sébastien von der Rezeption.

Elena

Es baut mich auf zu wissen, dass die Schränke leer sind, wenn ich in einem Hotelzimmer ankomme. Manchmal liegt in einem Schrankfach ein Hinweis zu den Sicherheitsvorschriften oder mit den Tarifen für bestimmte Dienstleistungen. Wunderbar, diese Leere. So rein wie ein Schweigen. Bei mir zu Hause platzen die Schränke aus allen Nähten vor Kleidungsstücken, Geschirr, Kindheitsschätzen. Die Schubladen sind voll von unverzichtbaren, aber wertlosen Dingen, ein Durcheinander, dessen Textur und Geruch sich mit dem der Wände mischen.

Ich zögere einen Augenblick, bevor ich meine Koffer öffne und meine Sachen einräume. Ich bin keine Frau, die sich schnell im Hotel eingewöhnt, und wer sich dort wie zu Hause fühlt, nötigt mir eine gewisse Bewunderung ab. Wie Leute auf der Durchreise sich verhalten, scheint von einer tieferen Natur herzurühren, als gehörten sie seit Ewigkeiten einem Nomadenstamm an, den nichts aufhalten kann. Was mich hilflos macht, lässt sie ungerührt. Beim Anblick ihrer Ungezwungenheit habe ich begriffen, dass ich im Ausland fortwährend Angst hatte, außer vielleicht in meinem Zimmer.

Am Abend lausche ich bei geschlossenen Türen und Fenstern in der Stille dem Lärm, der noch von den Straßen aufsteigt und der in Rom nicht derselbe ist wie in Paris. Etwas von der Stadt dringt durch die Mauern, setzt sich im Kopf fest und ruft eine gewisse Beunruhigung in mir hervor.

Ich habe mich abgeschminkt und in einen weißen Bademantel mit dem Hotelwappen gehüllt. Erst jetzt, zwei oder drei Stunden nach meiner Ankunft, gestehe ich mir schließlich ein, dass ich froh bin, hier zu sein.

Gäste auf der Durchreise sind ein Spektakel, das ich genieße. Ich mache virtuelle Fotos von ihnen, um sie in ein imaginäres Album einzuordnen. »Mein Schöner«, nannte letzte Woche eine bezaubernde junge Frau einen dicken, ziemlich tölpelhaften Herrn, der sehr viel kleiner war als sie und den dieser Kosename mit Freude zu erfüllen schien. Als er an einem windigen Tag seinen Hut vergessen hatte, band sie ihm elegant einen Schal um seinen kahlen Schädel, den sie sich zuerst über die eigenen Schultern geworfen hatte. So gingen sie auf die Straße hinaus, untergehakt, mehr denn je ein verschworenes Paar. Ihre Extravaganz schützte diese beiden für immer vor der Lächerlichkeit.

Ich blättere häufig im »imaginären Album«, um mir die Gesichter zu merken, die ich hineingesteckt habe, aber die Gegenstände interessieren mich noch mehr als ihre Besitzer. Gepäckwagen, Handtaschen aus berühmten Modehäusern, ein auf einem Sessel zurückgelassener Schal ... Die Szenen in der Halle sind von einer zeitlosen Schlichtheit, die zum Träumen verführt. Ich beobachte sie. Mehr noch: Ich koste sie aus.

Ich erinnere mich an das Vergnügen, das ich empfand, als ich erfuhr, dass die Vanitas-Stillleben des 17. Jahrhunderts in symbolischer Form zu einem Nachdenken über das Leben führten. Das Öl steht für die Wollust. Eine Nussschale, Echo des Holzes vom Kreuz, enthält das Versprechen der Erlösung. Das Fruchtfleisch einer Zitrone symbolisiert den Fluss der Zeit, die man trotz allem zu nutzen wissen muss. Zwischen den Blumengebinden, die regelmäßig in der Halle aufgestellt werden, säuseln auch die vergessenen Gepäckstücke eine unbeabsichtigte Maxime von der Flüchtigkeit des Glücks. Es ist eine Lektion, über die nachzudenken ich Zeit habe, wenn ich nachts auf meinem Posten bin, zwischen den weit gestreuten kleinen Aufgaben, die nicht vergessen werden dürfen, und der schläfrigen Leere der Nachtstunden.

Craig

Nach dem Abendessen ging ich auf einen Kaffee in die Hotelbar. Dort traf ich den Italiener unbestimmbaren Alters wieder, den ich einige Stunden zuvor gesehen hatte. Er saß vor einer Postkarte und langweilte sich ostentativ, indem er lange, zerstreute Blicke in die Runde warf. Mein Kommen war ein Glücksfall für diesen Mann, dem es an willigen Zuhörern fehlte. Er wandte sich an mich wie an einen alten Bekannten. Ohne dass ich das geringste Interesse an ihm bekundet hätte, stellte er sich als Industrieller aus Parma vor. Das kommt Ihnen bekannt vor? Aber was er wirklich erzählen wollte, war sein Liebesleben. Verheiratet und Vater von zwei Kindern, hatte er eine Geliebte, die ihm einen Sohn geschenkt hatte. Drei Jahre lang führte er ein Doppelleben, von dem viele Männer träumen.

Nach dem ersten Geständnis hielt er inne und sah mich mit zufriedenem Gesichtsausdruck an, seine Pausen dauerten jedoch nie lange. Und dann, Sie wissen ja, wie das ist, hatte er ein junges Mädchen kennengelernt, das er seit mehreren Monaten regelmäßig sah, und jetzt erwartete sie ein Kind von ihm. Angeberblick; Augen verdreht. Bis jetzt hatte er einen tadellosen Lebensweg hingelegt und keine von denen, die ihn liebten, je unglücklich gemacht. Mit einem Zuhause an drei Orten würde es allerdings sehr viel schwieriger werden: Er konnte ja nicht überall sein.

Da ich mich nicht entscheiden konnte, ob ich ihn bedauern oder beglückwünschen sollte, warf ich einen Blick auf die Postkarte, die er vor sich hingelegt hatte und auf der nichts weiter stand als »*Ti amo*«. Um etwas zu sagen, fragte ich ihn, für welche seiner drei Frauen sie bestimmt sei. Mit einem Augenzwinkern antwortete er strahlend: Finden Sie es heraus!

Am Nachbartisch saß eine junge Frau und lauschte entsetzt unserem Gespräch. Ihr ganzer Körper bebte vor Wut, doch mein Gesprächspartner achtete nicht auf sie. Er verwickelte sich jetzt in ein Netz komplexer Finanztransaktionen: Das Vaudeville entwickelte sich zum Ehekrach. Ich blickte von diesem allzu unglücklichen Verehrer zu der Frau, die die Augen verdrehte, ohne dass ich sagen konnte, wer von den beiden mir unsympathischer war. Der Mann mit den drei Ehefrauen ließ unter seinem patriarchalischen Anstrich jenen seelenruhigen Egoismus erkennen, bei dem einem schaudert. Aber die Wut dieser Frau passte ebenso wenig wie eine häusliche Szene in diese gedämpfte Bar, die für Gemeinheiten und aufdringliche Geständnisse wie geschaffen war. Der rote Samt und das speckige Leder hatten eine gewisse Übung mit Kompromissen und Korruption. Und was für Vertraulichkeiten hatte sie, seit sie hier verkehrte, nicht schon gehört?

Wir tauschten einen vernichtenden Blick. Sie brüllte mir stumm ins Gesicht: Schämen Sie sich nicht, einer solchen Demonstration von Zynismus und Flegelhaftigkeit das Ohr zu leihen? Im Stillen antwortete ich: Und Sie?

Elena

Der Mann, der redete, hatte einen runden Kopf und einen Ansatz von Dickleibigkeit. Er trug einen ziemlich schlecht geschnittenen Anzug und eine nichtssagende Krawatte. Keinerlei Charme, was seine Reden in ein gewisses Licht rückte. Ich ahnte, dass in diesem Flechtwerk von Ehebruch und Kindern, das ihn so stolz machte, Verführung eine ziemlich geringe Rolle gespielt hatte. Diese drei Frauen musste die Tatsache angezogen haben, dass ein solcher Mann Vertrauen einflößte und dass sie sich, wenn sie bei ihm blieben, die Treulosigkeiten und Enttäuschungen ersparen würden, denen sie sich im Umgang mit einem Don Juan ausgesetzt hätten.

Zu anderen Zeiten hätte ich mich vielleicht damit

beruhigt, dass ich seine Ausführungen unter männlicher Angeberei verbucht hätte. Aber dieser traurige Herr sah aus wie ein Mann, den die vielen Frauen und Kinder, die er am Hals hat, ernsthaft bedrücken. Ich ahnte, dass diese drei Idiotinnen ihm treu waren. Ich stellte mir ihren Kummer vor, wenn ihm etwas zustieße. Und dennoch, welchen Dienst würde man ihnen erweisen, wenn man sie von ihm befreite!

Craig

Im 18. Jahrhundert hätte meine Tischnachbarin nach ihrem Riechfläschchen verlangt. Sie begnügte sich damit, um ihre Rechnung zu bitten, die sie mit wütender Geste unterschrieb. Dann erhob sie sich theatralisch. Ich sah ihr interessiert hinterher, als sie den Raum durchschritt und dabei ihre Wut wie eine Fahne vor sich hertrug. Ich bewunderte diese Zurschaustellung der Verachtung, diese Choreografie der Empörung, die sie allein mir zuliebe aufführte, denn mein Gesprächspartner fuhr mit seinem unerschütterlichen Monolog fort, und den Blick, mit dem er soeben gemustert worden war, hatte er überhaupt nicht mitbekommen.

Mit stolzem Gang, die Schultern kaum hochgezogen, erreichte sie die Tür. Als alter Latiner, der es nie vergisst, sich nach einer hübschen Frau umzudrehen, sah der Italiener ihr hinterher, ohne besonderes Interesse, und verstummte dabei für einen Augenblick, was eine Form der Würdigung war. Sein Schweigen kam mir sehr aufgeladen vor. Welcher der beiden war dabei, den anderen zu verhexen?

Als sie an der Tür stand, zeigte sie uns ihr Profil, und ich genoss einen Augenblick den Kontrast zwischen ihrer gewölbten Stirn von der Blässe einer Statue und ihrem glühenden Tragödinnen-Blick. So wie man in einer heillosen Unordnung, wenn man nur ein wenig darauf achtet, häufig eine Form der Organisation entdeckt, sah ich in ihrer stummen Wut eine verborgene Harmonie und in ihrer Feindseligkeit eine ungewöhnliche Koketterie. Diese wütende Frau hatte ihre ganze Pracht entfaltet. Wenn sie gesprochen hätte, wäre ihre Stimme eine Symphonie gewesen, in der sich das Heulen des Windes, das Grollen der Flut und das schrille Krächzen der Raubvögel vermischt hätten.

Ich hätte ihr folgen können, doch wozu? Die Bar zu verlassen bedeutete nicht, das Hotel zu verlassen. Sicher würde ich sie am nächsten Tag wiedersehen, wenn sie vor dem üppigen Frühstücksbuffet stoisch einen schwarzen Kaffee und einen mageren Joghurt zu sich nehmen würde. Dann würde sie mich mit ihrem Blick erschießen, sobald sie mich bemerkte, aber ich konnte mich auf diese Vertrautheit des zweiten Zusammentreffens verlassen, die man einem Feind vorbehält, auf den man es abgesehen hat. Ihre Flucht am heutigen Abend eröffnete eine ziemlich prickelnde Aussicht. Ich wartete ungeduldig auf den Moment, in dem ich sie ansprechen würde.

Nach einer halben Stunde italienischer Bekenntnisse entfloh ich dem Polygamisten und kehrte in mein Zimmer zurück. Beim Zähneputzen träumte ich noch von der wütenden Frau. In diesem Moment brummte sie beim Abschminken wahrscheinlich ärgerlich vor sich hin in einem Badezimmer, das dem meinen bis aufs i-Tüpfelchen glich, und verfluchte alle Männer, angefangen bei mir.

Zweifellos gehörte sie zu jenen Frauen, die immer wieder Herabwürdigungen erleben, was in ihrem Kopf auf eine Art Ehrenkodex trifft. Und mit echter Sympathie dachte ich an den Mann, der das Leben mit ihr teilen mochte. Der diese zarte Taille streichelte, dieses glänzende Haar umfing und gewiegt vom Duft dieser seltenen Blüte einschlief. Ich habe viel Mitgefühl für Männer, die, wenn es ihnen in den Sinn käme, ihrer Gattin die Mona Lisa zu schenken, unfehlbar die Antwort erhielten: Wo soll ich denn dieses schreckliche Ding aufhängen? Es ist so wenig Platz bei uns!

Zu dieser Sorte Frau musste sie gehören. Eine von denen, die immer ungeduldig auf die Uhr schauen, die mit Schrecken auf der Waage stehen und ihre Augen zum Himmel aufschlagen, sooft sie einatmen. Eine von denen, deren zur Schau getragene, erschütternde Unzufriedenheit eine Herausforderung für ihre Liebhaber und ein Vorwurf an Gott ist. Eine von denen, bei der alle Männer, so verschieden sie auch sein mögen, spontan eine Form unbestimmter, animalischer Solidarität untereinander empfinden.

Als ich mich ins Bett legte, merkte ich, dass ich seit

über einer Stunde an sie dachte. Ich machte das Licht aus und murmelte mit einer Verärgerung, die ihr abermals zugutekam: Was für eine Klette!

Sébastien

Mit großer Selbstsicherheit und nach einigen Gläschen zu viel schaute der schwatzhafte Italiener aus Suite 205 gegen Ende des Abends an der Rezeption vorbei. Er wünschte die Zimmernummer einer Frau zu erfahren, die ihm in der Bar aufgefallen war. Eine alte Freundin, sagte er, deren Name ihm nicht einfallen wollte. Er beschied sich damit, sie mit Gesten zu beschreiben, die man selten benutzt, um eine alte Bekannte zu beschreiben. Ich behielt meine Rolle als Cicisbeo bei und verschwieg ihm die Zimmernummer der Schönen. Ich ahnte, dass sie diesen dicken alkoholisierten Kater mit ihren Krallen zerrissen hätte, wenn er so unvorsichtig gewesen wäre, vor ihrer Tür zu maunzen.

Elena

Ich legte mich mit einer Mattigkeit schlafen, die ich gewiss weniger der Reise als dieser Unterhaltung in der Bar verdankte, die ich aufgesucht hatte, um auf andere Gedanken zu kommen. Als ich dann eingeschlafen war, hatte ich einen seltsamen Traum.

Ich holte Einschreiben in einem Postamt ab. Ganz in das Gespräch mit dem Angestellten vertieft, dessen Gesicht eine Glasscheibe verbarg, wähnte ich mich allein am Schalter. Als ich mich zufällig umwandte, bemerkte ich hinter mir eine lange Schlange von Frauen, die mir glichen und von denen ich genau wusste, dass sie darauf warteten, dass sie an die Reihe kämen. Eine blickte unauffällig auf ihre Uhr. Eine andere seufzte und warf mir dabei einen vorwurfsvollen Blick zu. Eine dritte trommelte mit dem Finger auf den Rand ihrer Handtasche. Jede machte mir durch eine andere Pose deutlich, dass meine Zeit abgelaufen war und ich jetzt ihnen Platz machen musste.

Um die Bilder dieses düsteren Traums zu verscheuchen, knipste ich das Licht an und schaute auf meine Uhr: zwei Uhr früh. Es war jetzt nicht der richtige Zeitpunkt, aber ich wäre froh gewesen, wenn ich mit meinem Mann hätte sprechen können.

Sébastien

Wenn mein Dienst beendet ist, bricht der Tag an, und ich gehe nach Hause, manchmal zu Fuß, um die nervliche Anspannung der erzwungenen Schlaflosigkeit durch körperliche Ermüdung zu vertreiben. Ich mache mich auf den Weg in den Norden von Paris, entferne mich mit jedem Schritt weiter vom Hotel, das in der aufgehenden Sonne bald das goldene Flimmern einer Luftspiegelung annimmt.

Meine Wohnung liegt ausgangs der Nacht und am Ende der Straßen. Wenn ich endlich eintrete, finde ich das Durcheinander des Vorabends wieder, über das die frühen Morgenstunden ein graues Licht ausstreuen. Ich ziehe mich aus und lege mich hin. In diesem unbestimmten Moment des Tages schwinde ich zu einer blassen Schraffur meiner selbst. Zu einem Niemand, allenfalls zu einem von Müdigkeit zerschlagenen Nachtwächter, der in wenigen Minuten einschläft, während am anderen Ende der Stadt die ersten Gäste ihr Frühstück bestellen.

Mit geschlossenen Augen erahne ich das Ballett der Kammerzofen in Schwarz, die ihnen mit wachem Blick und frischem Teint einen dampfenden Kaffee bringen, dessen Duft für einen Moment in der Luft liegt, bevor er sich verflüchtigt.

MONTAG

Craig

Als ich in den Frühstücksraum trat, stand sie mit einer Tasse Kaffee in der Hand vor dem Buffet. Ich streckte die Waffen, bevor sie Zeit hatte, mich mit ihrem Blick zu messen. Ich brüskiere Frauen gerne durch ausgesuchte Höflichkeit.

Der Zeitpunkt war gekommen, das Missverständnis vom Vorabend auszuräumen. Ich erzählte ihr, ich hätte in der Nacht einen komischen Traum gehabt: Ich war in ein fernes Land versetzt worden, wo der Ehebruch Bestandteil von Eheverträgen war und die beiläufigen »Ich liebe dich« vom Wind zerstreut wurden wie die Spatzen. Alles in allem ein schönes Land, in dem das menschliche Leben überall geschützt war außer in Hotelbars, wo jeder seinen Nachbarn töten durfte, wenn ihn die Lust dazu überkam. Der einzige Nachteil dieses Schlaraffenlands: Es gab enorm viele Morde.

Sie warf mir einen vergnügten Blick zu.

»Eine Viertelstunde bevor er mir sein Leben erzählte,

kannte ich diesen Herrn noch nicht«, erklärte ich ihr. »Mein Pech war, dass er mich ins Vertrauen zog. In dem Moment hätte ich mich am liebsten davongemacht mit der Begründung: Entschuldigen Sie, ich bin mit meiner Frau hier. Dann hätte ich mich bei Ihnen eingehängt. Allerdings mit dem Risiko, dass Sie nicht mitspielten ...«

»Wenn ich falsch reagiert hätte – das heißt, wenn ich so dumm gewesen wäre, die Wahrheit zu sagen –, hätten Sie eine passende Antwort gehabt: Sind doch alle gleich.«

Der Maître d'Hôtel trat zu mir, um mir einen Tisch zu geben. Ich drehte mich zu ihr:

»Ich würde gerne mit Ihnen zusammen frühstücken.«

Sie sah mich ohne Missfallen an, was so viel bedeutete wie ja.

*

Sie heißt Elena. Sie arbeitet in der Mode und sorgt das Jahr über für eine Art Luftbrücke zwischen Florenz und Paris für ein italienisches Modehaus. Madame de Merteuil könnte heute im selben Gewerbe tätig sein. Verheiratet, zwei Kinder und ein schönes Haus in der Toskana, das ihr fehlt, wenn sie nicht zu Hause ist, und sie bedrückt, wenn sie zu lange bleibt. Ich sehe ihr zu, wie sie formvollendet ein Vollkornbrot mit Butter bestreicht und in kleinen Schlucken Kaffee trinkt. Ihre Lippen lächeln ab und zu, ihre Augen aber tun es andauernd. Zwischen zwei Sätzen über sich lässt sie, wie eine Gunst, die Frage fallen: Und Sie, was tun Sie?

Elena

Er lehrt französische Literatur in den Vereinigten Staaten. Auch wenn er zu Beginn auf seine englische Staatsbürgerschaft bestand, kann man in ihm unschwer einen jener Apostel des durch und durch amerikanischen Denkens erkennen, die nach Paris kommen, um ein Seminar an der Sorbonne mit ihrem Besuch zu beehren. Offenbar meint er, dass die Forschung jedes Mal, wenn er an eine Universität kommt, sogleich mit Riesenschritten voranschreitet. Er will seine Reise nutzen, um einige Recherchen an der Bibliothèque Nationale durchzuführen.

Am erstaunlichsten ist sein Blick: aufmerksam und doch bar jeder Wärme. Der Rest ist banaler. Hohe Augenbrauen. Kastanienbraunes, leicht schütteres Haar. Große Hände. Sein Alter anzugeben fiele mir schwer, demnach sind wir also nicht gleich alt. Er ist ein guter Zuhörer, fragt wenig und pflichtet niemals bei. Deshalb steht ihm, was auch immer er dazu sagen würde, die Rolle des Vertrauten, die er gestern Abend mit so viel Anmut spielte, ziemlich gut.

Er konnte es sich nicht verkneifen, mir zu erklären, dass er schon viel herumgekommen sei in der Welt. Ich fragte mich, ob er mir als großer Reisender einige seiner hübsch angerichteten Anekdoten aufdrängen würde. Weltreisende bleiben überall auf der Welt außen vor, und ihre Berichte sind nur für sie selbst unterhaltsam. Zum Glück hielt er seine Zunge im Zaum. Ich fühle mich nur auf den imaginären Reisen, die ich meinen Kindern vorlese oder die ich mir für sie ausdenke, in die Fremde versetzt.

Was denkt er wohl, wenn er dieses Gesicht aufsetzt? Ich habe viel Zeit damit zugebracht, mir diese Frage zu stellen, während ich den Blick von Männern beobachtete. Ich bin zu dem Schluss gekommen, dass die meisten von ihnen überhaupt nichts denken. Ich glaube, so ist es im Moment auch bei ihm.

Craig

Es gab ein oder zwei Wortgefechte zwischen uns. Eine Nichtigkeit nach der gestrigen Schießerei. Ich habe ihr gestanden, dass ich mich wenig für ihr Metier interessiere. Sie erwiderte, als wäre es eine Selbstverständlichkeit:

»Wer der Mode widersteht, ist ein Konservativer.«

»Und wer ihr folgt, ist kein Revolutionär«, entgegnete ich.

Kurzer Blickwechsel. Sie zögerte, aber ihr Gesicht verfinsterte sich nicht. Auch wenn unsere Sätze geknallt hatten wie zwei Peitschenhiebe, nahm die Diskussion den Charakter eines Handels zwischen ihrer und meiner Welt an. Wir waren mir nichts, dir nichts, dabei, uns aufeinander einzulassen.

Haben Sie heute Abend schon etwas vor?, war die

Frage, die mir auf der Zunge lag. Gewiss hatte sie schon auf diese Frage gewartet, während sie zugleich eine Ausflucht vorbereitete. Schließlich zog sie als Erste blank:

»Wir können uns ja vor Ihrer Abreise noch einmal treffen?«

Sie sprach diese Worte mit einer überaus charmanten Autorität aus, genau wie man sich manchmal Leute vom Leib hält mit einem: »Das läuft nicht zwischen uns«, dabei die letzten beiden Wörter aber besonders betont.

»Ich reise Samstagmorgen ab.«

»Ich auch.«

»An den Abenden bin ich frei«, fügte ich hinzu. »Wenn ich reise, vermeide ich jede Art von Verpflichtung nach zwanzig Uhr. Die Tage sind schon voll genug.«

Sie lächelte, als sie sich erhob:

»Dann werden Sie mir morgen früh sicher viel zu erzählen haben.«

Nachdem ich mich von ihr verabschiedet hatte, machte ich mich auf zum Louvre und fand mühelos das große Café, in dem ich verabredet war. Ich setzte mich abseits in den hinteren Teil des Saals. In meiner Nachbarschaft saß nur eine Familie in den Ferien – gutmütiger Vater, entnervte Mutter, mürrische Heranwachsende, aufgedrehtes Kind. Weiter entfernt trugen ein Mann und eine Frau, beide jung und lächelnd, abwechselnd einen rundum rosaroten Säugling in den Armen, der ebenso viel plapperte wie sabberte. Was für ein Glück, dass ich kinderlos bin.

Ich betrachtete sie aufmerksam. Wenige Menschen

sind so gute Beobachter wie Misanthropen. Mit der Präzision der Gereiztheit merkte ich mir jede ihrer Haltungen und Gesichtsausdrücke.

Ein alter Herr, der aussah wie ein General im Ruhestand, setzte sich an den Nebentisch. Nachdem er einen Kaffee bestellt hatte, sagte er nachdrücklich »mit einem Kännchen heißes Wasser«, und machte dazu eine Geste, als ginge es um seine Ehre. Dann drehte er sich stolz zu mir um. Erwartete er, dass ich applaudierte?

Der französische Dozent, mit dem ich verabredet war, kam zwanzig Minuten zu spät. Ohne daran zu denken, sich zu entschuldigen, quetschte er mir die Hand und versicherte mit einer Eilfertigkeit, in der viel Selbstzufriedenheit lag, dass mein Besuch eine große Ehre für ihn sei. Im Verlauf unseres Gesprächs lag ihm daran, mich darauf aufmerksam zu machen, dass sein Denken nur das »eines Europäers« sein könne. Wozu ihn daran erinnern, dass ich immer noch englischer Staatsbürger bin, auch wenn ich in New York lebe? Er war eines jener nutzlosen und geschwätzigen Wesen, die ich mit Freuden desintegrieren würde, wenn ich Held eines Science-Fiction-Films wäre.

Während er mir von mut- und substanzlosen Projekten erzählte, verwandelte ich meine Verärgerung in eine Übung in Gefasstheit. Um ihm nicht zu viel Bedeutung beizumessen, konzentrierte ich mich auf die Bewegungen im Saal. Das 18. Jahrhundert beschreibt die Franzosen als ein fröhliches und streitlustiges Volk. Ungläubig betrachtete ich ihre griesgrämigen Nachfahren und fragte mich, wohin sich die Heiterkeit ihrer Ahnen verflüchtigt hatte.

Nur die Ausländer, die leichter zu erkennen waren, konnten mich zu einem Lächeln bewegen. Eine Amerikanerin mit schweren Schultern und dem Gesicht einer Kaiserin tauchte einen kleinen Löffel in einen Becher Quark. Eine zartrosa gekleidete Asiatin erledigte mit ihrem Blick jeden, der in ihrer Nähe vorüberging. Eine spanische Schönheit wachte stolz über ihre beiden pubertierenden Kinder. Zu dieser Stunde in unmittelbarer Nähe des Louvre, widmete ich Elena das gemischte Schauspiel der menschlichen Vielfalt und der Nichtigkeit des täglichen Tuns.

Craig

Von einem jener düsteren Wutanfälle übermannt, die mein Blut mehrere Stunden lang vergiften, kehrte ich ins Hotel zurück. Es war ein folgenschwerer Wahn, mich hinter die Glasfassade der Bibliothèque Nationale zu wagen, vor der man mich doch gewarnt hatte, ich würde dort meine Zeit und meine Seele verlieren. Ein Monument der Vermessenheit, das man kraftlos, entsetzt und unverrichteter Dinge verlässt.

Ich hatte dieses Gebäude nie zuvor betreten, das Mitterands doppelte Obsession von Bombast und Abschottung hochhielt. Die Räumlichkeiten wollten einen erdrücken. Sie taten es übrigens auch, insofern sie dem Leser keinen Platz ließen, ihn malträtierten wie ein sadistischer Tyrann.

Um hineinzukommen, musste man sich endlosen Initiationsriten beugen, kilometerweit durch das Gebäude laufen und mehrmals das Stockwerk wechseln. Während dieses langen Rundgangs passierte man Luftschleusen, die einen jedes Mal der Angst aussetzten, man käme nie mehr hinaus. Auch musste man alle persönlichen Habseligkeiten abgeben, Mantel, Aktentasche und Dokumente, sodass man seine Identität längst verloren hatte, wenn man endlich demütig und mit leerem Kopf das Allerheiligste, den Lesesaal, betrat.

Dort erwarteten mich weitere willkürliche und zeitraubende Prozeduren, bevor man mich schließlich mit jener Nachricht überraschte, die für sich allein das ganze Geheimnis des Gebäudes zusammenfasste: Die Aushändigung der Werke war bis zu einem unbestimmten Zeitpunkt ausgesetzt. Die Information hätte mich zum Lachen bringen können, hätte ich nicht schon mehr als eine Stunde damit verloren, mich anzupirschen. Meine Ungläubigkeit traf auf die anderer Besucher, deren Verzweiflung umgekehrt proportional zu ihrer Ortskenntnis war. Nur die Neulinge waren fassungslos; die Stammleser hatten schon seit Langem das Handtuch geworfen. Wer von weit her kam wie ich und nicht die Möglichkeit zu einem erneuten Besuch hatte, verkürzte sich die Wartezeit damit, dem Genius des Hauses nachzuspüren oder eine bestimmte Idee von Frankreich zu verfluchen, die nichts anderes verdiente.

Sébastien

Welcher zur Aushändigung von Schlüsseln und Nachrichten verdammte Rezeptionist kommt nicht in die Versuchung, Schicksal zu spielen? Es ist so verführerisch, an dem Platz, den wir einnehmen, die Fäden zu verwirren, mit einer plötzlichen Geste das empfindliche Mobile unserer Existenzen durcheinanderzubringen. Würde ich in einem Theater arbeiten, wäre mein Traum weniger auf die Bühne zu treten, als in den Souffleurkasten zu schlüpfen und Stücke mit allzu dürftigem Inhalt mit ein paar eigenen Ideen aufzupolieren.

Von meinem Spähposten aus habe ich vor ein paar Monaten einen dänischen Gast beobachtet, eine stets grau gekleidete Frau mit einem bewundernswerten Profil. Sie war von einer skulpturalen Schönheit, die ein autoritärer und überheblicher Zug irgendwie verdarb. Ich hatte den Einfall, eine menschliche Hand in ihre Tasche zu stecken. Ich malte mir alles aus: ihren entsetzten Blick, ihr Kreischen, ihren Schrecken und den ihrer Tischnachbarn, wenn sie nach einem friedlichen Frühstück im Glauben, ihren Terminkalender oder ihre Puderdose herauszuholen, die Hand ergriffen hätte. Ich stellte mir auch vor, wie sie, der Willkür von Vernehmungen ausgesetzt, über die Wechselfälle des Justizirrtums triumphiert hätte und von der düstersten aller Anklagen freigesprochen worden wäre.

Die Achtbarkeit, auf der sie ihre Existenz aufgebaut hatte, verdammte sie zu Spießigkeit, zur ewigen Wiederholung einmal erlernter Gesten. Nur in der Übertretung lag eine Chance für sie, die heroische Einmaligkeit des Verbrechens zu erlangen. Außerstande, die Karten ihres Lebens neu zu mischen – meine Requisitenkammer birgt keine menschliche Hand –, ließ ich sie abreisen.

Als sie in ihrer grauen Wollkleidung hinausging, das Haar zu einem tadellosen Chignon gesteckt, fand ich zum ersten Mal, dass sie ein wenig dumm aussah. Es gab mir einen Stich ins Herz. Hatte ich sie verraten, als ich darauf verzichtete, sie von dem viel zu geraden Weg zu stoßen, den sie für sich vorgezeichnet hatte und von dem ich als Einziger ahnte, dass er sie in eine Sackgasse führen würde?

Craig

Seit wie vielen Stunden wartete ich schon auf die Bücher, die nicht kamen? Mit einer durch das Warten gesteigerten Aufmerksamkeit beobachtete ich den Schauplatz dieser Katastrophe. In dieser Trauerhalle, die unbedingt als Ort der Kultur präsentiert werden sollte, fühlte man sich als Geißel böser Mächte.

Viele teilten dieses Pech mit mir, aber das Unglück ist eine einsame Sache, und die anderen Komparsen lehnten es ab, in der Unzufriedenheit zu paktieren. Sie waren übrigens über das viel zu weitläufige Territorium verstreut. Es war sogar gelungen – ein Zeichen der Zeit –, die unentschlossenen, deklassierten und unkonventionellen Leser zu verbannen, die auf der ganzen Welt den Charme von Bibliotheken ausmachen und dank derer die Ausleihe die Würze einer ethnografischen Reise bekommt. Hier traf man keine Männer mit Prophetenbärten über esoterischen Büchern. Keine ältere Frau mit Schulmädchenzöpfen, die in regelmäßigen Abständen die Taschentücher, die sie dabeihat, und die Stifte in ihrem Mäppchen zählt. Wie weggefegt war dieses rührende und randständige Volk, das in Lesesälen kampiert, als wären es Zufluchtsstätten, die zu sein sie nie aufhören sollten.

Meine Wut, die mich kurz hatte verschnaufen lassen, stieg jetzt Stufe um Stufe an. Dass er die Menschen und das Menschliche aus seiner Bibliothek verbannte, hatte dem Planer des Hauses wahrscheinlich eine schwindelerregende Vergütung und eine angesehene Auszeichnung eingebracht, dabei hätte man ihn bei lebendigem Leib häuten sollen. Als ewige Verbündete hatten Dummheit und Beton ihre Kräfte vereinigt, um diese funktionale Hölle hervorzubringen, in der nichts funktionierte. Wen wundert es? Diejenigen, die dieses Mausoleum entworfen hatten, mussten das Verlangen nach Literatur als eine archaische Manie verdammen, und sie hatten alles daran gesetzt, es zu entmutigen.

Nach drei Stunden, die zum Die-Wände-Hochgehen waren, entschloss ich mich zu gehen, ohne die Dokumente eingesehen zu haben, die ich benötigte. Den Ausgang wiederzufinden war keine geringe Aufgabe. Für Besucher, die das Gebäude verlassen wollten, gab es keine Schilder, die ihnen die Richtung wiesen. Warum sollte man es ihnen auch leicht machen? Eine der Botschaften, die der Genius Loci überbrachte, lautete, dass der Zugang zur Kultur nicht nur schwierig, aufwendig und elitär, sondern auch auf schreckliche Weise vom Zufall abhängig war. Das Personal, von dem man nur spöttische Antworten bekam, schien ganz dieser Devise zu huldigen, die wie eine Fahne über dem Gebäude flatterte. Ich dachte an einen Ausspruch von Voltaire: »Niemand hat es mit mehr Geist unternommen, uns zu Tieren zu machen« – denn ich schloss nicht aus, dass viel Fleiß auf diese Topografie des Absurden verwandt worden war.

In der Furcht, das Gebäude könne unter dem Gewicht seines Bombasts einstürzen, rannte ich hinaus. Wie gerechtfertigt war meine Befürchtung! Die materielle Welt drohte jeden Augenblick wieder ihre Rechte zu behaupten, und überall prangten Warnungen: *»Bei Regen sind die Treppen sehr glatt«*, *»Treten Sie nicht zu nahe an die Fenster«*, *»Türe vorsichtig zuziehen«*. Ein zu laut gesprochenes Wort, und die Wände würden von selbst nachgeben, was übrigens eine wunderbare Nachricht wäre, wenn auch mit einer großen Zahl von Toten verbunden, denn bekanntlich sind die Siege der Eloquenz über die Materie in der Regel mit schrecklichen Verlusten an Menschenleben erkauft. Wie dem auch sei, besser man beeilte sich: Es stand zu befürchten, dass meine Wut die viel zu große Bibliothek umgehend in Brand steckte.

Als mich der Rezeptionist mit den blauen Augen schweißgebadet ins Hotel kommen sah, erkundigte er sich, ob ich einen schönen Tag verbracht hätte. Ich riss ihm den Schlüssel aus der Hand, stürmte auf mein Zimmer und fragte mich unterwegs, wen ich umbringen könnte.

Elena

Als ich am Ende des Abends ins *Paradise* zurückkam, waren in der Halle mehr Polizisten als Gäste. Ich schloss daraus, dass man die Ankunft einer Sängerin oder Schauspielerin erwartete, die, die Augen hinter einer schwarzen Sonnenbrille versteckt, müde ihre Suite aufsuchen würde. Eine jener Berühmtheiten, die sich entscheiden müssen, entweder dauernd zu lügen oder für immer von der Bildfläche zu verschwinden, weil sie nur ein einziges Gesicht haben, um den Wünschen der Massen zu genügen, die meist aus Missverständnissen resultieren.

Als braver kleiner Soldat habe ich die Gesten abgespult, die den Tag beenden. Ich habe mich ausgezogen, abgeschminkt und meinen Mann angerufen. Ins Hotel nimmt man nicht sein Leben mit. Man begnügt sich damit, dort zu wohnen, und das auf eine zerstreute, nur angedeutete Weise, mehr im Modus des Ausprobierens als in dem der Vollendung. Man erkennt sich ja kaum in den Spiegeln.

Andere hatten mein Bett gemacht, meine Handtücher

gewechselt und meine Vorhänge zugezogen. Meine einzige Aufgabe war es, mit meiner Müdigkeit in die von unsichtbaren Händen gewaschenen und gebügelten Betttücher zu schlüpfen. Das ließ mir viel Zeit, um an mich zu denken und dabei vollkommen zu vergessen, wie mein Leben wirklich aussah.

Craig

Das Badezimmer ist ein geheimnisvolles Terrain der Weiblichkeit. Doch durch eine allen Luxushotels eigene Indiskretion wusste ich an diesem Abend alles über Elenas Privatsphäre: die Textur des Bademantels, den sie sich über die Schultern werfen würde, wenn sie aus dem Bad ging, die Farbe des Handtuchs, das sie um ihr Haar wickeln würde, und den Duft der Honigseife, die eine goldene Schliere auf dem Email ihrer Badewanne zurückließ. Meine Füße steckten in den gleichen Frotteeschlappen, in die sie geschlüpft war. Ich kannte das Monogramm auf dem Kissen, auf das sie beim Einschlafen ihren Kopf betten würde. Und wir würden die Nachttischlampe mit derselben Geste und praktisch zur selben Zeit ausmachen.

Sébastien

In einem Luxushotel liegen das Zufällige und das Romanhafte nahe beieinander. Ein irregeleitetes Gepäckstück, eine falsch notierte Nachricht versprechen Überraschungen. Auf der herrlichen Rangliste der Missgeschicke steht das Verbrechen an der Spitze. Die Gäste, die diese allzu seltene Blume pflücken, nehmen ein Souvenir mit nach Hause, das ungleich prickelnder ist als der mit einem Echtheitszeichen versehene Nippes aus dem hoteleigenen Souvenirladen. Das auf roten Samt geflossene Blut zeigt ein verführerisches Glitzern.

Ich bedauere, dass die in den Fluren aufmarschierte Polizeieinheit sich bemüht, über das Ereignis zu schweigen, das sich in den frühen Abendstunden ereignet hat, denn ihre Anwesenheit erzeugt unter unseren Hotelgästen offenkundig ein wohliges Schaudern. Viele von ihnen nutzen einen Vorwand, um mich mit gesenkter Stimme zu fragen, ob es möglich sei zu erfahren, was passiert ist. Ich habe die Anweisung, Stillschweigen zu wahren. Aber warum soll ich jene enttäuschen, die unbedingt etwas in Erfahrung bringen wollen und deshalb länger als gewöhnlich mit wässrigem Blick und sichtlich beunruhigt an der Rezeption verweilen. Für ein paar Einzelheiten stecken sie mir gefällig einen zweifach gefalteten Geldschein zu, denn Blut und Gold sind seit alters her Freunde. Seit es Hotels gibt, ist das Verbrechen ein Gewinn für den Rezeptionisten.

Die von Natur aus schweigsamen Polizisten machen ein Geheimnis um den Verlauf der Ermittlungen. Ich verfüge nur über interne Informationen. Gegen neunzehn Uhr fand Amélie, das Zimmermädchen, beim Öffnen der Tür zur Suite 205 eine Szene vor, die eines Caravaggio würdig war: Der Gast, der das Zimmer bewohnte, ein achtundvierzigjähriger italienischer Industrieller, lag mit zertrümmertem Schädel in einer Blutlache. Auf seinem Nachttisch lag im Schein der Lampe eine Postkarte, auf deren Rückseite zwei unheilschwangere und launige Worte standen: *Ti amo*.

Amélie näherte sich dem Opfer mit einer Mischung aus Respekt und Grauen, wie große Raubtiere sie einflößen. Der Mann war vor seinem Bett zusammengebrochen, sein Gesicht blaurot angelaufen. Zwischen seinen Lippen kam ein korallenrotes Stoffband hervor. Als sie zu ihm trat und ihn am Arm berührte, merkte sie, dass er noch warm war. Die Furcht, sie könnte die Gäste stören, siegte über das instinktive Grauen beim Anblick des Leichnams, und sie konnte einen Aufschrei unterdrücken. Das Einzige, was es zu tun galt, war die Hoteldirektion zu verständigen. Sie ging zurück in den Flur und schloss die Tür hinter sich, ohne das Bett für die Nacht aufgedeckt oder Schokolade auf den Nachttisch gelegt zu haben, was das eigentliche Ziel ihres Besuchs gewesen war.

*

Die Männer vom Erkennungsdienst verließen das Haus gegen zweiundzwanzig Uhr, nachdem sie sich einer seltsamen Arbeit posthumer Maniküre gewidmet hatten: Viele Opfer haben die DNA ihrer Mörder unter den Fingernägeln, und ihren Händen gilt die allergrößte Aufmerksamkeit der Polizei. Weitere Gewebeproben werden im Rechtsmedizinischen Institut entnommen, in das man den Leichnam bringt. Heute sind Mordopfer die Einzigen, die über den Tod hinaus eine Körperpflege erhalten, die eines ägyptischen Pharaos würdig ist.

Die Suite Nr. 205 wurde versiegelt. Die Direktion, die uns gegen zwanzig Uhr dreißig zusammenrief, stellte klar, dass wir weiter unserer Arbeit nachgehen sollten, als wäre nichts geschehen. Wie hätte es auch anders sein können? Die Aufklärung von Bluttaten gehört nicht zu unseren Aufgaben.

Craig

Von wem stammt dieser Vers? Wie endet dieser Satz? Nichts ist beunruhigender, als sein Gedächtnis auf der Suche nach einer Silbe oder dem Ende eines Absatzes zu durchforsten. »Sie war so hübsch, dass sie sich für schön hielt.« Woher stammte dieser Satz, auf den ich neulich gestoßen war? Aus welchem Roman? Welche Person sprach ihn aus und in welchem Zusammenhang? Indem ich das Licht wieder anknipste, verzichtete ich darauf, wieder einzuschlafen. Der kleine Kurzschluss, der soeben in meinem Gehirn stattgefunden hatte, verdammte mich zur Schlaflosigkeit.

Seit einiger Zeit trafen mich diese Gedächtnislücken völlig unvorbereitet. Es kam vor, dass ich mir eines Zitats nicht mehr sicher war, das ich mehr als einmal in meinen Vorlesungen verwendet hatte und als mein Eigentum betrachtete. Ich glaubte, es zu kennen. Schlimmer noch: Ich glaubte, es zu besitzen, und die Worte flogen plötzlich ohne Vorwarnung davon. Häufig fehlte mir nur eine Kleinigkeit. Der Sinn, das Bild und der Satzrhythmus stimmten, aber inmitten eines Gebäudes, das stabil zu sein schien, begann jetzt eine Präposition zu wackeln. Statt friedlich zu schnarchen, klang ein Adjektiv falsch. Tagsüber schwächelte ich selten. Die nächtlichen Ausfälle beunruhigten mich mehr. Sie erzeugten so etwas wie eine Erschütterung. Ich hatte beim Aufwachen das Gefühl, eine Hand habe mich ins Leere gestoßen.

Hotelbars sind ein Segen für Schlaflose. Wenn es auf zwei Uhr zugeht und an Schlafen gar nicht mehr zu denken ist, schlüpft man in seine Kleider, verlässt das Zimmer und schließt leise die Tür hinter sich. Man geistert durch den dunklen Flur wie ein Schlafwandler. Jetzt muss man nur den Lift rufen. Eine Minute später sind Sie wieder im warmen Schoß der Bar, bei Getränken mit köstlichen Namen, mit einem Barkeeper verschworen, der Sie schweigend anschaut, als läse er in Ihren Gedanken.

An diesem Abend waren die Karten jedoch anders

gemischt. Der Offiziant im schwarzen Jackett, gewöhnlich zu fortwährender Zurückhaltung verdammt, stand im Mittelpunkt allen Interesses. Vor den aufmerksamen Trinkern, die von der Höhe ihrer Barhocker aus alles verfolgten, spulte er ein Selbstgespräch ab, das ebenso prächtig war wie ein roter Teppich. Der Inhalt dieser One-Man-Show war banal und schrecklich. Es ging um den Mord an einem aus Parma stammenden italienischen Gast in den frühen Abendstunden.

Die Bekanntgabe der Neuigkeit rief keinerlei Fragen in mir hervor. Ich bestellte einen Drink von aufmunternder Bitterkeit, in den ich sogleich meine Nase steckte. Niemand beachtete mich. Ich verbrachte fast eine Stunde damit, auf den Grund meines Glases zu starren, dabei ab und zu einen Blick auf die versteinerten Gäste und auf das Gesicht des Barkeepers zu werfen, der seine Ruhmesstunde auskostete.

Ohne es zu merken, streckten sie beim Zuhören in einer Art Verzückung den Kopf immer weiter vor, um diesen ungewöhnlichen Cocktail zu kosten. Da er nur sehr wenige Informationen besaß, stachelte der Redner ihre Neugier an, indem er mit der Virtuosität eines Taschenspielers abwechselnd Anhaltspunkte und falsche Spuren aneinanderreihte. Wenn er sich gezwungen sah zu improvisieren, erging er sich in einem Nachruf auf den Verstorbenen. Eine seltsame Übung, bei der Simenon Bossuet hinterherlief und aus der hervorging, dass die Polizei den Schuldigen finden und das Opfer für alle Ewigkeit an der rechten Seite des himmlischen Vaters thronen werde.

Unter diese erbärmlichen Betrachtungen über die Letzten Dinge mischten sich widersprüchliche Behauptungen. Das Opfer, dem man die Kehle durchgeschnitten habe, sei auch auf den Kopf geschlagen worden, doch die Hypothese, es sei erstickt worden, war damit nicht vom Tisch: Zwischen seinen blauroten Lippen habe ein korallenrotes Stoffband gesteckt. Der Barkeeper erwähnte ebenfalls die Unordnung im Zimmer, in dem sich der Mörder indessen kaum länger als eine oder zwei Minuten aufgehalten haben konnte. Diese Unstimmigkeiten verwirrten die Zuhörer, deren Aufmerksamkeit langsam nachließ. Die Trinker scherten sich wenig um den Zustand, in dem sich das Zimmer des ermordeten Gasts befand. Sie witterten den Pechvogel, dessen einzige glorreiche Tat dieser von der Regel abweichende Todeskampf war, wo er doch seit Langem dazu ausersehen schien, ebenso nichtssagend zu sterben wie Sie und ich.

Von nun an interessierte man sich für den Mörder.

Wer war also diese anonyme Parze? Ein fanatischer Terrorist? Ein Verführer, der sein Opfer in den Netzen der Lust erstickt hatte? Ein Cat-Man, der die Fassade hochkletterte und durch ein Dachfenster in das Gebäude eindrang? Die kühnsten beschuldigten die Mafia, während andere, die ein verträumteres Naturell hatten, auf eine unentwirrbare Erbschaftsgeschichte setzten. Hypothesen, die, kaum dass sie aufgestellt waren, sogleich verworfen und wieder aufgewärmt wurden, je größer die Angst und je präsenter der Traum wurde. Dank meiner Fantasie fand auch ich Geschmack an diesem Trugbild. Als ich gegen drei Uhr früh in mein Zimmer zurückkam, spürte ich das Seidencape von Arsène Lupin um meine Schultern flattern.

Ich hatte genug getrunken, um wieder einzuschlafen, aber ich wusste, dass ich mit schmerzendem Schädel früh aufwachen und mich fragen würde, ob diese nächtliche Szene jemals stattgefunden hatte. Kurz bevor mir die Augen zufielen, fragte ich mich noch, ob man in einem der Salons einen psychologischen Beistand einrichten würde. Und ob die Affäre in den Morgenzeitungen stehen würde. Ich wartete ungeduldig darauf, meinen Durst mit dem herben Wein der vermischten Nachrichten zu löschen.

Sébastien

Wenn der Himmel aufhellt, aber die Straßen noch dunkel sind, muss ich langsam anfangen, wieder ich selbst zu werden. Ich mache mich auf den Weg in den Pariser Norden. Auf schnurgerade, von Bäumen und schönen Autos gesäumte Avenuen folgen nach und nach kurvige und durchbrochene Straßen. Ich verliere mich in dieser synkopierten Geografie, die mich zu mir zurückbringt. Während ich mich in Paris verlaufe, finde ich in mein Privatleben zurück.

Ich trug wieder meine Tageskleidung, aber gedanklich war ich noch im Hotel, während ich die Häuserfassaden entlangmarschierte. Eine Weile ging ich zu Fuß, folgte den Métro-Stationen der Linie, die zu mir nach Hause führt. Ich wartete darauf, dass mir die Müdigkeit signalisierte, ich möge hinab- und einsteigen. So wanderte ich lange durch die Kühle des beginnenden Herbstes, bis ich an einer Ecke des Trottoirs ein kleines Messer liegen sah, dessen Klinge direkt auf mich wies.

Ich beugte mich über diese ungewöhnliche Hinterlassenschaft. Im Funkeln des Stahls und im matten Glanz des Horns materialisierte sich die Stunde, für die ich bestimmt bin. Sie zerschnitten die Verbindung zwischen der Nacht, die vorüber war, und dem Tag, der kam, zwischen dem Hotelpagen und dem Wanderer im Morgengrauen, die einander kaum ähneln. Was sagte mir diese Waffe? Ich bemühe mich immer, die Stimme der Gegenstände zu hören, den Gedanken zu erahnen, der sie bewohnt und der mir meist entgeht. Während ich dieses Messer im schummrigen Licht aufhob, musste ich mich bekreuzigen.

DIENSTAG

Sébastien

Die Geschichte war zu schön, um der Presse zu entgehen. Die Journalisten persiflieren den Namen unseres Hotels. Eine Tageszeitung titelt in drei Worten: »Drama im Milieu?« – eine Ohrfeige für die Direktion. Hier im Haus neigen wir zur Vermutung, dass es sich eher um ein Liebesdrama als um eine Abrechnung handelt. Die Kathedralen der Hotellerie stürzen so schnell in sich zusammen. Bekommt eine Säule Risse oder läuft einem bei der Messe eine Ratte über den Weg, bleiben die Gläubigen weg. Die Heiligenstatuen und Wasserspeier stehen einander versteinert gegenüber und warten auf das Jüngste Gericht.

Craig

Seit in den Hotelfluren das Gerücht von einem Verbrechen umgeht, liegt mir nur ein einziges Rätsel am Herzen: wie wird Elena reagieren. Der Mann, auf den sie am Sonntag ihren Gorgonen-Blick geworfen hat, wurde am folgenden Tag niedergestreckt. Keine vierundzwanzig Stunden hat er dem dunklen Glanz ihrer Pupille widerstanden. Eine solche Effizienz ist schwindelerregend.

Ich ging sehr früh hinunter und wartete vor einem Korb mit Feingebäck auf sie, bemüht, nicht zuzugreifen. Welche Elena würde ich wohl antreffen: die wütende, die gerächte, die reumütige? Ich ließ im Geist ihre möglichen Gesichter an mir vorüberziehen und fragte mich dabei, welches sie mir an diesem Morgen zeigen würde. Ich freute mich an der Vorstellung, Zeuge zu werden, wie sie sich mit diesem sperrigen Geschenk des Schicksals herumschlagen würde: ein Mord, den sie nicht herbeigewünscht hatte, über den zu trauern jedoch schrecklich heuchlerisch von ihr wäre.

Elena

Craig lud mich mit einer Handbewegung ein, mich zu ihm an den Tisch zu setzen, wo er vor einer dampfenden Tasse

Kaffee auf mich wartete. Ich verstand den schelmischen Blick, mit dem er mich begrüßte, nicht auf Anhieb, so wenig wie den Satz, den er mir zuwarf, als ich zu ihm trat: »Sie haben also gewonnen?«

Ich hatte noch keine Ahnung von dem Verbrechen, über das er soeben Näheres in den Zeitungen gelesen hatte. Der treulose Ehemann, der ein Zimmer auf derselben Etage bewohnte wie ich und der sich vor zwei Tagen abends in der Bar seiner Erfolge gerühmt hatte, war ermordet worden. Ich bin der Meinung, dass Tote, wer auch immer sie waren, Recht auf ein Gebet haben, auf ein Andenken, wenn nicht gar auf eine Würdigung, aber für den Augenblick brachte ich weder ein »Das ist ja schrecklich« noch ein »Der Arme!«, nicht einmal ein »Mein Gott!« hervor. Ich saß vollkommen hilflos vor Craig, der in meinen Augen vergeblich nach einer Antwort auf die ironische Frage suchte, die ich in seinen las.

Craig

Ich beendete das Schweigen, das immer länger wurde.

»Ich denke viel an diese Affäre und würde gerne wissen, was Sie davon halten.«

»Fragen Sie«, sagte sie nachdenklich.

»Glauben Sie, dass alle drei Frauen, die er liebte, zu seinem Begräbnis kommen?«

Sie zuckte nicht.

»Und wenn sie kommen, welche wird am meisten weinen?«

Wieder Schweigen. Ich blieb beharrlich.

»Wie lange werden sie trauern, wie lange Hass empfinden?«

Sie biss sich auf die Lippe.

»Wie viele Jahre werden sie brauchen, bis sie sich eingestehen, dass sie von ihrem verstorbenen Liebsten nichts zu erwarten hatten und dass sein Tod eigentlich ein Segen war?«

Sie schwankte zwischen Zustimmung und Zurückweisung.

»Ich habe Freunde in Parma«, erwiderte sie endlich, ohne sich festzulegen. »Wenn es Sie interessiert, kann ich mich bei ihnen nach dem Ablauf der Trauerfeier erkundigen.«

Ich ergriff die Gelegenheit.

»Lassen Sie es mich bitte unbedingt wissen. Wie Sie gesehen haben, bin ich Humanist: Nichts Menschliches ist mir fremd.«

Um dieser Beteuerung Nachdruck zu verleihen, überreichte ich ihr eine Visitenkarte, auf der unter meinem Namen eine ganze Litanei beruflicher und privater Adressen realer und virtueller Natur und wer weiß was noch aufgelistet war. Dazu zwei oder drei Telefonnummern, unter denen ich, das wusste ich im Voraus, schwer, aber nicht unmöglich zu erreichen sein würde. Sie nahm die Karte widerstandslos entgegen.

Ich atmete tief durch. Selbst wenn uns der Zufall trennte, würde es von nun an nicht mehr absurd sein, auf ein Zeichen von ihr zu hoffen, wo auch immer in der Welt ich mich aufhielt. War das demnach so wichtig? Im Stillen widmete ich dem Leichnam ein Exvoto und entschloss mich dann, die Croissants zu probieren.

Danach sprachen wir wenig miteinander. Waren wir schon dazu verdammt, uns anzuschweigen wie Verheiratete? Ich wartete, bis sie aufstand und sich anschickte zu gehen, blickte ihr tief in die Augen und schlug ihr vor, am selben Abend um neunzehn Uhr in der Bar etwas zusammen zu trinken. Dass sie ablehnen könnte, hatte ich ausgeschlossen.

»Bis heute Abend«, antwortete sie, wobei der Schatten eines Zauderns, das ich nicht deuten konnte, in ihrem Blick lag.

Craig

Der Tag ging zu Ende. Mein Körper war voll seliger Erschöpfung. Meinem hinlänglich bekannten Hang zu methodischen Abrissen nachgebend, begann ich, Elena einen kurzen Presseüberblick zu geben: Ich hatte alle Artikel über das Verbrechen verschlungen. Die Journalisten wussten wenig. Die einzige Information, die sie zu berichten wussten und um deren Ausstaffierung sie miteinander im Wettstreit lagen, betraf die Leiche, die mehrere Wunden aufwies. Der Mann hatte einen Schlag auf den Kopf erhalten. Man hatte ihm die Kehle durchgeschnitten. Und anschließend hatte eine Hand ihm die Krawatte in den Hals gestopft, die er, wie alle Zeugen bestätigten, am selben Tag getragen hatte.

Zur Unterhaltung ihrer Leser oder zur Anregung ihrer Fantasie hatte jeder Berichterstatter auf gut Glück ein Szenario entworfen. Der eine bevorzugte die These, es handele sich um ein Sexspiel, das einen schlimmen Ausgang genommen habe; ein anderer glaubte, das Verbrechen sei das Werk von drei verschiedenen Tätern. Niemand wusste, was wir, Elena und ich, am Abend vor dem Mord über das Privatleben des Opfers erfahren hatten.

»Diese Leute irren sich«, machte ich einen Vorstoß. »Der flatterhafte Liebhaber ist dreimal getötet worden – man hat ihn betäubt, ihm die Kehle durchgeschnitten und ihn erstickt –, aber von einem Einzeltäter, der mit dem merkwürdigen Tötungsritual, das er vollzog, jeder der drei betrogenen Frauen gedenken wollte. Eine Exekution ohne jegliche Wut, die einem strengen Ablauf folgte wie eine Corrida.

Wenn der Stier – pardon, der Mann – geblutet hat, deutet das darauf hin, dass er noch nicht tot war, als man ihm die Kehle durchschnitt, womit bewiesen wäre, dass der Mörder ihm genug Lebenskraft gelassen hatte, damit er seine Seele erst beim letzten Angriff aushauchte. Dann legte er wie ein zufriedener Künstler, der sein Meisterwerk signiert, die Postkarte unter die Lampe und fügte mit tiefroter Tinte wie mit vergossenem Blut die düstere Notiz hinzu. Im Ganzen das Verbrechen eines Ästheten – oder einer Hausfrau. Doch welches von den beiden?«

Sie klimperte mit den Lidern und schaute mich an. Ich hätte es lieber gehabt, wenn sie applaudiert hätte.

Elena

Craig vermischt zwei Dinge, die mir unvereinbar erscheinen: die Kälte des Vorsatzes und die Heftigkeit eines Verbrechens aus Leidenschaft. Er vergisst ein wesentliches Teil des Puzzles: In einem großen Hotel ist das Personal allgegenwärtig, und da es ständig in den Zimmern zu tun hat, verfügte der Mörder nur über sehr wenig Zeit.

Als der erste Schlag nicht genügte, hat er eilig nachgeholfen. Das Opfer trug eine Krawatte. Da er immer schwerer atmete, muss der Mörder sie ihm, ohne weiter darüber nachzudenken, in den Hals gestopft haben. Wenn er noch zum Messer gegriffen hat, dann weniger, wie ich mir vorstelle, um sein Opfer vollends zu erledigen, als um sich zu vergewissern, dass dessen Herz zu schlagen aufhörte. Eine Art Kontrolle, kurz, eine Bestätigung, bei der, darauf würde ich wetten, mehr Kälte als Wut im Spiel war.

Die Hinrichtung dürfte weniger als eine Minute gedauert haben. Bevor er aus dem Zimmer verschwand, blieb dem Mörder gerade Zeit genug, sich das Objekt zu schnappen, das ihn interessierte. Warum hätte er bei diesen einfachen Gesten den geringsten Groll zeigen sollen? Damit hätte er nur riskiert, eine Unvorsichtigkeit zu begehen und Zeit zu verlieren.

Bleibt nur herauszufinden, was er aus der Suite entwendet hat – eine kleine Statue, auf die ein Sammler es abgesehen hatte? Einen kompromittierenden Brief? Ein Schlafzimmergeheimnis? – Und warum hat er die Suite nicht am Nachmittag aufgesucht, wenn stundenlang niemand kommt?

Sébastien

Der Mörder muss handfeste Gründe gehabt haben, sein Opfer zu hassen. Nach meinem Verständnis hat er den Mann aus Wut umgebracht. Er hat ihm die Kehle durchgeschnitten, um sich dem Schauder der blanken Klinge hinzugeben. Und als das Blut nicht versiegte, hat er ihn schließlich erstickt. Betäubt wie ein Ochse, abgestochen wie ein Schwein, gezwungen seine Krawatte zu schlucken, wie man seine ehrgeizigen Pläne schluckt, so ist dieser reiche, aber unglückliche Gast schlagartig alle Stufen des Sockels hinabgestürzt, auf den das Schicksal ihn gehoben hatte. Etwas anderes als Rache ist kaum vorstellbar, und sie wurde blitzschnell vollzogen, so leicht, wie man jemandem eine lange Nase zieht.

Es war wohl ein unbekümmerter Mörder, der aus der Suite 205 kam. Sollte er im Aufzug jemandem begegnet sein, hätten seine glatte Stirn und sein tadelloser Anzug keinerlei Verdacht erweckt. Er muss genauso anonym gewesen sein wie der Mann mit der Melone, dessen Gesicht Magritte hinter einem grünen Apfel versteckt. Ich stelle ihn mir sehr sorgfältig, tadellos gekleidet vor, die Gesichtszüge vollkommen verdeckt von der runden, grünen Frucht.

Einzige Gewissheit: Als der Mörder mit dem grünen Apfel am Montagabend aus dem Hotel verschwand, muss er an der Rezeption vorbeigekommen sein. Folglich muss ich gesehen haben, wie er am Tresen vorbeihuschte, wo ich meinen festen Platz habe, den ich nicht verlassen darf.

Amélie

Sie sprechen alle über den Mord, als wäre er ein Familiengeheimnis: mit verständnisvollem Blick und gedämpfter Stimme. Das Problem ist, dass sie nichts verstanden haben, weil ihnen die wesentliche Information fehlt.

Als ich Zimmer Nummer 205 betrat, in dem ich mich auskenne wie in meiner eigenen Küche, war ich überrascht von der vollkommenen Geräuschlosigkeit. Das Reiben meiner Schritte auf dem Teppich erschreckte mich.

Das ist der Schlüssel zu diesem Verbrechen: die Stille. Der Mörder hat seinem Opfer nur einen sehr leichten Schlag auf den Kopf gegeben, denn der Aufprall des Körpers wäre im Stockwerk darunter zu hören gewesen. Als das Opfer zum Bett taumelte, hat er es erstickt, um zu verhindern, dass es schreit. Auftrag ausgeführt. Blieb nur noch eine Sache zu tun: die Halsschlagader durchtrennen und sich dann auf leisen Sohlen davonmachen. Das wird nur einen Seufzer lang gedauert haben. Applaus für den Künstler. Wir haben es mit einem zu tun, den die Polizei, wenn sie ihn schnappt, nur schwer zu einem Geständnis bringen wird: Geschwätzigkeit ist wohl nicht sein wunder Punkt.

Elena

Das Fauchen eines Panthers, ein Brüllen, die Klage einer Eule, gefolgt von einer systematischen, aber ungeordneten Erkundung aller Höhen der Tonleiter, und ich fühlte mich zugleich in einen Orchestergraben, neben ein Fließband und in den hintersten tropischen Urwald versetzt. Anständige Frauen, zu denen ich gehöre, wissen letztlich sehr wenig über das Liebesspiel von Paaren. Räumt man ein, dass manche Hotels ein musikalisches Fenster auf die Sexualität unserer Mitmenschen öffnen, genoss ich an jenem Abend ein Zimmer mit Ausblick.

Piano, moderato, allegro, fortissimo. Ich versuchte mir die beiden Trapezkünstler vorzustellen, die vor aller Ohren die Stellungen wechselten, im siebten Himmel Koloraturen trällerten und mehrfache Saltos schlugen. Ich fragte mich, ob sie ohne Netz arbeiteten.

Dann wandte ich meine Aufmerksamkeit den unfreiwilligen Zeugen ihrer Duett-Nummer zu, und ich dachte an jene, die wie ich beschämt oder amüsiert diesem Kammermusikkonzert zuhörten. Vielleicht gab es unter uns einen von der Zeitverschiebung ermüdeten Geschäftsmann, der vergeblich versuchte, seine E-Mails zu beantworten, ein betagtes Paar, das in Gedanken an seine vergangenen Großtaten schwieg, und ein Kind, das schlafen sollte und das belustigt von dieser einzigartigen Sarabande einschlief. Die Urheber ersparten uns zwar das Brüllen der Seeelefanten oder die Brunftschreie des Blauwals – die menschliche Stimme und ihre Lust haben zum Glück gewisse Grenzen –, aber ihre Triller und Koloraturen setzten sich ziemlich lange fort.

Aller Wahrscheinlichkeit nach sind Paare, die man in Hotels hört, frisch verliebt oder Ehebrecher, deren Durchhaltevermögen auf dem Gebiet der Umarmungen unerschöpflich ist. Man lässt sich bereitwillig auf das Spiel der heißen Stimmen und des schweren Keuchens ein: Auf die Gefahr hin, sich zu täuschen, stellt man sich unerhörte Leidenschaften und entfesselte Körper vor. Ich habe nicht vergessen, wie erstaunt, wie enttäuscht ich eines Morgens war, als ich aus einem benachbarten Zimmer, aus dem die ganze Nacht über Röcheln und Wispern gedrungen waren, einen unbeholfenen jungen Mann und ein dünnes Mädchen kommen sah. Vor Überraschung gelang es mir nicht, den Satz auszusprechen, der mir spontan in den Sinn gekommen war und der ihnen vielleicht geschmeichelt hätte: »Sie verdienen es, dass man sich an Sie erinnert.«

Craig

In einem Seminar über Kriminalliteratur hatte ich die These vertreten, dass manche Verbrechen, die interessantesten vielleicht, für nichts begangen werden: eine Bibliothek, die ihre Leser verrückt macht, die Lust, eine Frau beim Wort zu nehmen, die Versuchung, etwas Unwiderrufliches zu tun. In meinem Fall hatte die Kombination dieser zweitrangigen Faktoren eine ideale Maschine geschaffen, bei der ich nur den Knopf zu drücken brauchte.

Gestern ging ich gegen achtzehn Uhr dreißig hinaus, um frische Luft zu schnappen, nachdem ich wie ein Löwe im Käfig in meinem Zimmer auf und ab gewandert war. Der Liftboy hatte mich so sehr geärgert, dass ich lieber die Treppe nahm. Im zweiten Stockwerk lief mir der unvermeidliche Italiener aus der Bar über den Weg, der mir, da er mich erkannte, auf die Schulter klopfte und mich seinen Freund nannte. Ich, sein Freund? Um ins Gespräch zu kommen, was wahrhaftig sein Laster war, wendete er die abgedroschensten Techniken aus seinem Repertoire an:

»Ich habe gerade an Sie gedacht ... Wie finden Sie die Pariserinnen?« Wortgeklingel aus einem Mund, aus dem nie etwas anderes gekommen war. Entschlossen, mein Schweigen zu besiegen, spielte er seine letzte Karte aus: »Haben Sie bemerkt, wie die hübsche Frau Sie angesehen hat, die gestern in der Bar neben Ihnen saß? Also, was mich betrifft ...« Was würde er über Elena erfinden? Fast hätte ich mir die Ohren zugehalten.

Welch geringe Wertschätzung hatte dieser Mann für mich, dass er mir so meine Zeit raubte! Ich malte mir bereits aus, wie er mich am Arm festhielt oder Fotos aus seinem Geldbeutel zog, die er schon x-mal Unbekannten gezeigt hatte. Ich ahnte voraus, welche endlosen, langatmigen, mit unnützen Einzelheiten gespickten Geschichten folgen würden, die Männer in einem gewissen Alter bis zum Überdruss wiederholen. Zum zweiten Mal an diesem Tag fühlte ich mich von der Dummheit in die Zange genommen. Kurz, als er mir mit der alleinigen Absicht, mich seine soziale Stellung bewundern zu lassen, seine Suite zeigen wollte und er mich dazu mit einem gebieterischen Puff in den Korridor schubste, befreite ich mich etwas zu heftig von ihm. Sein Kopf krachte gegen die Tür, die er hinter mir schließen wollte, und der lästige Schwätzer taumelte, sich die Stirn reibend und nach Luft schnappend wie ein lächerlicher dicker Fisch auf dem Trockenen zu seinem Bett.

Ich hatte keine Zeit, ihn zu bedauern: Bevor er sich hinlegen konnte, ging er zu Boden. Der nächste Schock. Ein endloser Gong, kaum gedämpft vom schweren Teppich. Ich hatte nicht vorgehabt, ihn zu erschlagen, ich wollte mich nur aus seiner Vereinnahmung befreien. Trotzdem konnte ich einen Seufzer der Erleichterung nicht unterdrücken, als er verstummte. Ich bilde mir sogar ein, ich hätte vor mich hin gemurmelt: »Endlich bist du still!«

Elena

Je länger ich ihnen zuhörte, umso mehr Zweifel überkamen mich: Wer war dort, auf der anderen Seite der Wand, eigentlich außer sich? Eine junge Braut, eine klassische Sängerin, in deren Kehle die unvorhergesehenen Schauer der Wollust und die Gewohnheit der Koloratur zusammenfielen, oder eine Professionelle, die wusste, was sie tat? Ich nahm es mir übel, dass ich mich ärgerte, aber langsam wurde es spät, und aus ganz und gar ehelichen Gründen hätte ich mir jetzt etwas Ruhe gewünscht: Mein Mann und ich hatten verabredet, dass ich ihn immer gegen elf Uhr anrief. Auf eine solche Gesprächsuntermalung konnte ich verzichten.

Craig

Als ich vor diesem großen, leblosen Körper stand, kam mir die Idee mit dem Messer wie von selbst. Einige Tage zuvor hatte ich in einem Geschäft für Luxusartikel ein fantastisches Springmesser mit einem Horngriff gekauft, dessen rasiermesserscharfe Klinge ein idealer Papierschneider gewesen wäre, wenn ich in der Bibliothek hätte arbeiten können. Wo Bücher fehlen, isst man Menschen.

»Nun ja denn, meine Chronik setz' ich fort,
Und heute, Samstag, den sechsundzwanzigsten,
So etwa eine Stunde vor dem Abendessen
Fiel Herr Ich-weiß-nicht-wer durch Meuchelmord.«

Während ich die Verse halblaut rezitierte, machte ich mir Vorwürfe ob des allzu simplen Effekts dieser Bühnenrede. Dann maß ich mit dem Blick den Mann, der noch nicht mein Opfer war. Und mit wahrhaftem Vergnügen führte ich die Klinge an seine Kehle in der einzigen Absicht, ihm eine Reaktion abzugewinnen, doch seine warme Haut zuckte nicht unter dem kalten Metall. Vielleicht war der Schlag stärker gewesen, als ich gedacht hatte. Ich drückte den Stahl leicht gegen das Fleisch. Keine Reaktion. Ein Schnitt am Hals ließ ein helles Blut hervorspringen, das wahrscheinlich das Schönste an diesem Mann war. Wie im Traum wurde mir klar, dass ich sein Mörder wurde, ich drückte mit meinem ganzen Gewicht auf die Klinge, denn einmal musste Schluss sein. Mit einem Finger stopfte ich dann die Krawatte, die diese schwatzhafte Kehle einschnürte, tief in seinen Mund. Mit dieser einfachen Geste wendete ich alles Bedrohliche ab, was von ihr hätte ausgehen können – Beschuldigungen, Erklärungen oder, noch schlimmer, neues Geschwätz. Auf den Wortschwall folgte der Blutschwall. Als alles getan war, empfand ich eine seltsame Ruhe. Ich wischte das Messer am Kopfkissen ab, steckte es in meine Hosentasche und ging hinaus, um den Spaziergang zu unternehmen, von dem mich das Zusammentreffen mit diesem finsteren Clown abgehalten hatte.

Ein Gefühl der Erleichterung begleitete mich die ganze Zeit über, als ich die Halle durchquerte. Niemand hat mich bemerkt, denn ich sah niemanden an. Vor dem Hotel schlug ich den Kragen meiner Jacke hoch und marschierte aufs Geratewohl los. Es war nicht kalt, aber frisch, und dieser Abendspaziergang versprach köstlich zu werden.

Das Messer in meiner Tasche fühlte sich hart an, doch im Kontakt mit meiner warmen Haut wurde es langsam angenehm. Groschenromane und wissenschaftliche Studien der Psychoanalyse sind sich in einem einig: Was man vergräbt, kommt immer eines Tages ans Licht, während sich alles ohne Schaden verflüchtigt, was man dem warmen Wasser des deutlich Sichtbaren überlässt. Mit dieser Lektion gerüstet, wusste ich, dass der sicherste Weg, meine Waffe loszuwerden, darin bestand, sie von einem anderen auflesen zu lassen. Zweifellos würde das Requisit einen jungen Strolch reizen oder, noch besser, einen jener

Mörder, die noch nichts von ihrer Natur wissen und sich gedankenlos der Kategorie der ehrbaren Leute zuzählen. Diese Leute trifft man überall auf den Straßen. Einer würde sicher schon bald in den Köder beißen.

Der gesunde Menschenverstand gebot es, den unmittelbaren Umkreis des Hotels zu verlassen. Ich marschierte lange, während sich unverhofft Nebel über Paris legte. Als ich das Messer schließlich an einer Straßenbiegung fallen ließ, vergnügte ich mich daran wie ein Kind, das einen Fisch ins Meer zurückwirft: Ich gab die Waffe dem Verbrechen zurück. Als ich wegging, ohne mich noch einmal umzuwenden, stellte ich mir vor, wie sie im Halbdunkel schimmerte. Ich malte mir den Augenblick aus, in dem sie einen über seinen Fund nur allzu glücklichen Spaziergänger verführen würde. Alle Männer sind Mörder, auch wenn recht wenige Zeit und Gelegenheit finden, den Mord zu begehen, den sie in sich tragen. Ich empfand eine zarte Dankbarkeit gegenüber Elena. Ich hatte schon immer jemanden töten wollen. Um die Tat zu vollbringen, hatte mir einfach nur die Begegnung mit ihr gefehlt.

Ich machte mich auf den Rückweg zum Hotel, ging mit lachendem Herzen und federndem Schritt durch die Straßen. Ich war glücklich wie ein Verbrecher ohne Waffe und ohne Motiv und so stolz wie ein ängstlicher Botaniker, der all seine Kräfte zusammengenommen hat, um eine unbekannte Orchidee am Rand des Abgrunds zu pflücken. Einen Moment lang blieb ich vor einem Schaufester stehen, das von einem großen Schminkspiegel, einer Psyche, beherrscht wurde. Mit einem Anflug von

Koketterie betrachtete ich mich darin. Hatte ich nicht allen Grund, zufrieden zu sein? Der Tod eines Dummkopfs war ein klitzekleiner Schaden angesichts des gewaltigen Glücks, mich für immer durch eine unvergessliche Geste mit Elena verbunden zu haben.

Mein Puls ging erst schneller, als ich an einer Straßenecke einem Uniformierten begegnete. Bei dem Mangel an Reue war es besser, wenn mich die Angst beschlich, denn ich begann schon, mich für einen Weltverbesserer zu halten. In meinem eigenen Interesse war es Zeit, zu etwas mehr Bescheidenheit zurückzukehren.

Elena

Das Halali war ein enttäuschendes Nichts. Erschöpfung, Sorge um die Schicklichkeit oder vielleicht, leider, eine beginnende Gewöhnung, brachte uns um die Lustschreie des Liebespaars, denen die vorausgegangenen Crescendos meinem Verständnis nach den Weg hätten bahnen sollen. Wie dem auch sei, der Todesstoß, die Estoque, kam gerade zur rechten Zeit, das heißt um eine Minute vor elf. Einen Wimpernschlag später konnte ich gefahrlos mein Telefon zur Hand nehmen und »*Tesorino?*« säuseln.

MITTWOCH

Craig

Wenn man den Presseberichten des zweiten Tages glauben durfte, so hatten die Nachforschungen der Polizei nicht viel erbracht. Man hatte keine Hinweise am Tatort gefunden. Die Hypothese, es handele sich um einen Raubmord, schien ausgeschlossen, das Opfer war nicht ausgeraubt worden. Die Ermittler glaubten auch nicht mehr an ein Verbrechen aus Leidenschaft: Die Worte auf der Postkarte waren von dem italienischen Schürzenjäger geschrieben worden und nicht von seinem Mörder, sodass sie nicht mehr von Interesse waren.

Die Zeitungen erwähnten das Liebesleben des Mannes aus Parma nicht, was bewies, dass er im Alltag mehr Diskretion gezeigt hatte als in Hotelbars. Wahrscheinlich hatte er sich am Vorabend seiner Ermordung nur deshalb zu Vertraulichkeiten hinreißen lassen, weil er Ausländer war und daher keine Nachrede zu befürchten hatte, oder lag es daran, dass er betrunken war? Ein anderer Gedanke schoss mir durch den Kopf, der mich erstarren ließ: Vielleicht hatte er, da er sich mir so leicht anvertraute, echte Sympathie für mich empfunden? Ich verwarf diese furchtbare These, so schnell es ging.

Während ich begierig die Zeitungen überflog, drehte Elena ihr sehr ebenmäßiges Profil weg, als wäre Mord eine unschickliche Angelegenheit. Mit einer Spur von Verachtung, für mein Empfinden. Die Meldung eines Verbrechens ist immer heilsam, erinnert sie uns doch an uns selbst und daran, dass wir leben.

Elena

Während des Frühstücks suchte mein Blick nach den Urhebern der Seufzersymphonie, die mich in der Nacht gewiegt hatte. Vergeblich: Das hitzige Liebespaar war auf dem Zimmer geblieben oder hatte die Anstandsmasken wieder aufgesetzt, durch die nichts von ihrer nächtlichen Trance nach außen drang. Ich würde also für alle Zeit eine echte, aber gesichtslose Sympathie für den unbändigen Liebhaber und die unbekannte Nachteule hegen.

Craig war in seine Zeitungen vertieft und nippte nachdenklich an seinem kalt gewordenen Kaffee. Die Lektüre der Schlagzeilen, als hors-d'œuvre oft schmackhafter als die schwere Kost der Artikel, hatte ihn nicht aufgeheitert: »Ein Mörder im *Paradise*«, »Blut auf Seide«, »Die drei Tode des Arturo Rapanazzi«. So erfuhr ich den Namen des Opfers, dessen Foto überall zu sehen war. Unter allen Überschriften gefiel mir eine besonders lakonische am besten: »Suite und Schluss«.

Craig

Elena blätterte in den Zeitungen, schaute nur dahinter hervor, um die Gäste zu mustern, die den Frühstücksraum betraten. Ich warf ihr einen spöttischen Blick zu.

»Seien Sie nicht so nervös, Elena. Da Sie Montagabend erst spät ins Hotel zurückgekehrt sind, haben Sie ein Alibi, wie ich annehme.«

»Ich war in der Tat nicht hier, aber ich hätte bestimmt Schwierigkeiten, es zu beweisen. Aber Sie, Sie waren im Haus. Also konnten Sie sehr wohl den Gast in Suite 205 erdrosseln. Sehen Sie«, fuhr sie mit einem unschuldigen Lächeln fort, »Ihre Situation ist heikler als meine. Zumal Sie, was Ihren Fall erschwert, Mörderhände haben.«

»Im Augenblick haben Sie den Blick einer Mörderin oder den einer Detektivin, was allerdings schlimmer ist.«

»Schlimmer? Passen Sie auf, was Sie sagen, Craig; gerade haben Sie gesprochen wie ein Mörder.«

Elena

Wir wünschten uns einen schönen Tag und verabredeten uns für den Abend. Seit das Verbrechen geschehen war, hatte ich noch keinen Abend allein im Hotel verbracht, und ich hatte auch keine Lust, es auszuprobieren. Beim Weggehen spürte ich, wie Craigs Blick lange auf meinen Schultern lag.

Craig

Wenn man ein Verbrechen begangen hat und wie ich jemand ist, der normalerweise keines begeht, beschreitet man unbekanntes Terrain, erlebt Überraschungen, macht Entdeckungen.

Die erste bestand darin, dass ich nicht befürchtete, festgenommen zu werden. Sicher, Polizisten verfolgen Mörder, wenigstens nimmt man das an, doch ich ähnele viel mehr einem Sherlock Holmes als einem Jack the Ripper. Weder meine Fingerabdrücke noch meine DNA beunruhigten mich im Geringsten. Diese Mittel ermöglichen es, einen Verdächtigen zu überführen, aber nicht, in einem riesigen Hotel einen anonymen Schuldigen zu finden, dessen Führungszeugnis weißer ist als eine Porzellantasse. Luxushotels bilden eine Freizone, in der mich die Absurdität meiner Tat, das Fehlen jeglicher Verbindung zum Opfer und die sprichwörtliche Unfähigkeit der französischen Polizei schützten.

Die zweite Überraschung bestand darin, dass mir der Mann aus Parma, der mich zu Lebzeiten noch auf die Palme gebracht hatte, beinahe sympathisch geworden ist, kaum dass er aus dem Weg geräumt war. Alles in allem war er ein anständiger Kerl. Im Alltag lebte ich in gutem Einvernehmen mit der Erinnerung an ihn. Ich hatte sogar ein wenig von seinem Epikureismus und seiner italienischen Sorglosigkeit angenommen. Es fehlte nicht viel, und auch ich hätte im Restaurant meine Tischnachbarn herbeigerufen, um ihnen meine Lebensgeschichte zu erzählen, nicht weil ich einen Hang dazu habe, sondern um für einen Augenblick den Fremden zufriedenzustellen, der seither in mir lebendig war. Ich hatte gewiss viel von dem Dummkopf zu lernen, den ich beseitigt hatte.

Wir waren uns nur kurz begegnet. Auf eine banale Vertraulichkeit von ihm folgte von meiner Seite eine Tat, die nicht im Geringsten geplant war. Ein gefährlicher Stunt, ausgeführt von zwei Neulingen. Je länger ich darüber nachdachte, desto mehr überzeugte mich, dass besagter Rapanazzi seines Todes Schmied gewesen war. Kein Zweifel, dass im Falle eines Verhörs sein reumütiger Schatten bei mir gestanden und mir passende Antworten zugeflüstert hätte.

Dazu kam es nicht. Die Gäste des Luxushotels wurden von der Polizei noch nicht einmal befragt. Wie hätte sie das auch anstellen sollen? Schon am nächsten Morgen belegten neue Gäste die Hälfte der Zimmer, ihre Vorgänger hatten sich in alle vier Himmelsrichtungen über die Welt verstreut. Die Ermittler begnügten sich mit einem Aufruf zur Suche nach Zeugen, der so diskret war, dass sich niemand meldete. Sie blieben unter sich, was wahrscheinlich ihr Ziel war.

Ich hatte bis zum Ende der Woche Zeit, meinen Aufenthalt in Paris zu genießen. Meine Abreise vorzuziehen wäre unvorsichtig gewesen, sie hinauszuschieben eine Provokation. Mir blieb nichts übrig, als in das Kostüm des amerikanisch-britischen Touristen zu schlüpfen, der nahezu nichts über das Drama wusste, das sich am Tag nach seiner Ankunft im Hotel ereignet hatte. Ein unerfreuliches Missgeschick, sicher, aber in dem schönen Land, in dem ich lebe, kommt dergleichen häufig genug vor, sodass ich nicht über Gebühr erschreckt war.

Sébastien

Neunzehn Uhr. Heute Abend habe ich mich auf meinen Dienstbeginn gefreut. Seit dem Drama interessieren mich unsere Gäste mehr. Ihre Gestalten kommen mir theatralischer vor, ihre Gesten ernster, ihre Blicke tiefer. Die Italienerin aus Zimmer 203 trägt nur noch Schwarz. Sie ist allerdings auch im zweiten Stock untergebracht, der seit Montag die vornehme Etage ist. Man könnte meinen, in ihr zucke ein Gedanke, der vielleicht ein Gewissensbiss ist, als zögere sie, die Polizei zu belügen oder ein Geständnis abzulegen, ihrem Ehemann treu zu sein oder ihn mit einem Unbekannten zu betrügen.

Elena

Ich bin zwar keine eingefleischte Leserin von Klatschspalten, aber ich vermute, es kommt selten vor, dass man zwei Tage nach einem Verbrechen das Opfer in der Bar des Hotels trifft, in dem es getötet wurde. Und doch ist mir genau das an jenem Abend passiert: Als ich durch die Glastür in die Bar trat, stand plötzlich der Mann aus Parma vor mir, ein Glas in der Hand. An seinem selbstsicheren Auftreten, seinem Profil und seiner Redseligkeit erkannte ich ihn wieder. War er durch eine jener unerwarteten Wendungen der Geschichte wiederauferstanden, die nur er kannte? Oder war seine Ermordung nur eine Inszenierung gewesen, in die Wege geleitet, damit er seinen Geliebten für vierundzwanzig Stunden entfliehen konnte?

Eine andere Hypothese ging mir durch den Kopf: Vielleicht hatte der Verstorbene vom heiligen Petrus die Gunst erwirkt, auf die Erde zurückzukehren, um dem Fortsetzungsroman seiner Eroberungen einige Kapitel hinzuzufügen. In diesem Fall würden seine neuen Erfolge seine vorausgegangenen zweifellos weit übertreffen. Wahrscheinlich tankte er gerade wieder Kraft, bevor er eine Meisterschwimmerin, eine alte Dame mit riesigem Vermögen oder Zwillingsschwestern verführte.

Diese Möglichkeit hat mir den Kopf wieder zurechtgerückt. Alles ließ darauf schließen, dass der Mann aus Parma einen Zwillingsbruder hatte. Und dieser schwadronierte nun, mit einem Glas in der Hand, wichtigtuerisch in der Bar. Jeder weint auf seine Art: Er hatte die mimetische und alkoholisierte Form des Trauerns gewählt und wiederholte, ohne es zu wissen, die Gesten, mit denen sein Bruder zwei Tage zuvor am selben Ort aufgefallen war. Als ich ihn ansah, hatte ich das Gefühl, mich in der Zeit zu irren.

Die Trauer hatte dem recht gewöhnlichen Gesicht dieses Mannes Relief und Eindringlichkeit verliehen. Die Körperfülle eines Handlungsreisenden war zu der eines Patriziers aus den Niederlanden geworden, veredelt von der Hand eines anonymen Bildhauers. Ich dachte an das Opfer, von dem ich so wenig wusste: Der Mann, den ich für so unbedeutend hielt, hatte immerhin einen Bruder und drei Frauen, ein Double und drei bessere Hälften, wenn man so will. Das war viel für einen Menschen, der meines Erachtens nichts Besonderes war. Sein gewaltsamer Tod hatte ihm ein Schicksal gegeben. Jetzt, da sein Name verbreitet wurde, hatten ihm die Abendzeitungen aus unterschiedlichsten Angaben eine ziemlich überzeugende Biografie zusammengestellt: eine prominente Familie, ein gut situiertes Industrieunternehmen, eine Wohnung in Parma, Spielschulden. Mit seinem Tod war aus diesem Jedermann eine Persönlichkeit geworden. Wie lange würde es dauern, bis er zu einem Helden wurde?

Da ich mir die Verzweiflung seines Zwillingsbruders vorstellen konnte, wir aus demselben Land kamen und man mir eingeschärft hatte, Tod und Engherzigkeit würden sich nicht vertragen, überwand ich mich und ging zu ihm. Ich plapperte, so gut ich konnte, in einem den Umständen angemessenen Ton: »Ich habe aus der Presse davon erfahren. Mein Beileid.« Ich war gerade dabei, ihm meine unaufrichtige Anteilnahme auszusprechen, als Craig im Türrahmen erschien. Als er mich so nahe bei diesem Mann stehen sah – war ich so unvorsichtig, meine Hand auf seinen Unterarm zu legen? –, versagte ihm fast die Stimme. Aber war es nicht das Mindeste, was man tun konnte, einem Landsmann, dessen Bruder gerade ermordet worden war, Anteilnahme zu bekunden?

Craig

Verführerischer als eine Kindfrau und weniger albern als ein Nymphchen: Elena ist eine Frau voller Überraschungen. Als ich sie mit meinem Opfer an der Bar lehnen sah, konnte ich nach dem ersten Schock nicht umhin, eine gewisse Bewunderung für sie zu empfinden. Manche Frauen schrecken vor nichts zurück. Ich bewunderte die

Kunst, mit der sie seelenruhig Brände um sich herum entfachte und dann eine Denkpause einlegte, um mit dem schmollenden Ausdruck einer noch nicht ganz zufriedenen Hausfrau ihre Wirkung zu betrachten.

Jeder andere an meiner Stelle hätte mit Gebrüll die Flucht ergriffen. Ich ging auf sie zu, um herauszufinden, was sie für mich vorgesehen hatte. Sie hielt die Fäden in der Hand. Ich, der ich nie vorgehabt hatte, mich der Polizei zu stellen, ergab mich Elena ohne den Anflug eines Zögerns.

Sébastien

An meinen Posten gefesselt, sehe ich abends wie ein Zoowärter die stolzen Panther und die langen Reptilien, die im Mondlicht langsam ihre Glieder auseinanderfalten, das Hotel verlassen. Ihre Gegenwart vertreibt die gewöhnlichen Arten, denen ich in meinem anderen Leben begegne: Schwärme stumpfer und grauer Fische, verlauste Affen, Vögel mit mageren, von Milben zerfressenen Hälsen.

Manchmal stecke ich, wenn ich mit einem Gast spreche, einen Finger in meine Tasche, um die Klinge zu streicheln, die ich gestern Morgen gefunden habe: flach wie ein Brieföffner und scharf wie ein Rasiermesser. Während die Polizisten die Tatwaffe suchen, bewahre ich den Zufallsfund vom Ende der Nacht auf. Dank ihm trete ich in das Ungewisse, das unsere armseligen Existenzen seit zwei Tagen auf fantastische Weise überschattet. Nachher wird man mich verhören. Während die Polizisten meine bescheidene Zeugenaussage aufnehmen, werde ich dieses Operetten-Accessoire, das so unwirklich ist wie ein Monokel, ein Fächer oder ein Spazierstock, in meiner Tasche haben.

Craig

»Ich brauche Ihnen Adriano Rapanazzi nicht vorzustellen«, sagte sie, »dessen Zwillingsbruder uns unglücklicherweise gerade verlassen hat …«

Sie hatte genug gesagt, um meine Sorgen zu zerstreuen. Ich nickte dem Unbekannten zu, danach überließ ich es ganz der unvorsichtigen Elena, die angemessenen und geheuchelten Worte zu finden, die uns vor dem Schweigen retten würden. Da ich wusste, in welch erbärmlichem Ansehen das Opfer bei ihr gestanden hatte, amüsierte ich mich insgeheim darüber, wie sie diese doppelte Übung in Fürsorglichkeit und gesellschaftlicher Spiegelfechterei absolvierte.

Mit unbewegter Miene wartete ich, dass diese endlosen Minuten vergingen, die weder er noch sie abzukürzen gedachten. Im Profil betrachtet, glichen sich diese beiden Brüder nicht, doch jedes Mal, wenn der Mann seine

Augen in meine senkte, stand mir der Ermordete gegenüber und lotete meinen Blick mit einer Gutmütigkeit aus, in der ich einen Hauch Komplizenschaft erkannte. Nach wenigen Minuten sprach er mit mir, als wären wir alte Freunde. Mir lag nichts ferner, als ihn zu ermutigen – wenn schon keine Skrupel, so habe ich doch Manieren –, aber es war quasi unmöglich, diesem entsetzlichen Doppelgänger klarzumachen, dass ich nicht so viel Aufmerksamkeit verdiente.

Sébastien

Der Bruder des Opfers stößt in der Bar mit zwei Gästen an. Auf wen haben sie das Glas erhoben? Auf den Knochenmann, der uns dahinrafft, auf den Alkohol, der uns vereint, auf Gott, der alles mit ansieht? Der Tod existiert nicht in unseren Mauern. Er ist höchstens ein Vorwand, um sich mit den Trinkern vom Nachbartisch zu verbrüdern.

Craig

Ich befürchtete schon, Elena könnte meinem Opfer – pardon, seinem Bruder – vorschlagen, den weiteren Abend mit uns zu verbringen. Bei einer Frau wie ihr war alles möglich. Ich versuchte es mit Schweigen und Hüsteln. Dann mit Räuspern, das ich mit tiefen, verständnisinnigen Blicken verstärkte. Als mir die Situation allmählich unerträglich wurde, sagte ich in einem feierlichen Ton: »Die Zeit verfliegt, Monsieur, wir respektieren Ihren Schmerz. Wir wollen Sie nicht länger aufhalten.« Und ich zog Elena mit mir.

»Verzeihen Sie, dass ich Ihnen dieses Gespräch aufgedrängt habe«, murmelte sie, als wir wieder allein waren, »aber wir konnten doch nicht zulassen, dass sich der Unglückliche ganz alleine betrinkt ... Sie waren übrigens perfekt. Doch, wirklich«, beharrte sie, als ich nichts erwiderte, »ich versichere Ihnen, Sie haben sich sehr gut aus der Affäre gezogen.«

Sie wusste nicht, wie recht sie hatte.

Sébastien

Als der Gast aus Zimmer 401 mit der schönen Italienerin am Tresen der Rezeption vorbeiging, tauchte ein Bild aus meiner Erinnerung auf, das sich mir fast ohne mein Wissen eingeprägt hatte: Am Montagabend war er zu einer Zeit, die praktisch mit der Tatzeit zusammenfällt, mit zusammengepressten Kiefern und dem schwankenden Schritt eines Betrunkenen durch die Halle gegangen.

Es liegt mir fern, dieses Bild zur Hypothese und den Schlafwandler zum Verdächtigen zu machen. Etwas macht mich dennoch stutzig: Als er an jenem Abend vor mir auftauchte, kam er nicht aus dem Lift. Es ist ungewöhnlich, dass ein Gast aus dem vierten Stock die Treppe benutzt. Eine oder zwei Etagen kann man zu Fuß hinuntergehen, aber vier?

Craig

Harmonie des Himmels war nicht der Name ihres Parfums, sondern der des Restaurants, in das ich sie, überglücklich, dem Eindringling Rapanazzi entkommen zu sein, entführt habe. Es ist ein Vergnügen für junge Paare, an einem regnerischen Abend einander gegenüberzusitzen und einen Korb *Siu Mei* zu teilen. An der Hinterwand des Gastraums, auf die ich blicke, flüchten Fische ins Schilf, während unter der Decke, in abstrakten Höhen, aus einem Sockel aus Wolken das Dach einer Pagode auftaucht.

Bei eintöniger, beruhigender Musik genießen wir einen Augenblick anonymer Intimität, ohne den Ballast jener falschen Identität, mit der uns das Personal des *Paradise* ausstaffiert. Elena trinkt mit geschlossenen Augen Jasmintee. Ein Augenblick der Gelöstheit, den die späte Stunde und das altertümliche, leicht zerschlissene Dekor zulassen. Auf uns selbst zurückgeworfen, können wir endlich zusammenkommen.

Auf geheime und feierliche Weise heirate ich Sie, Elena, unter der Pagode mit dem spitzen Dach. Und um unsere Hochzeit zu feiern, entwickle ich einen Gedanken, der gewiss meine letzte Theorie des Tages sein wird.

»Seien Sie versichert, dass ein Mord an sich mich nicht sonderlich beeindruckt. Für jemanden, der in den Vereinigten Staaten lebt, schmeckt das Verbrechen nach einer gängigen Spezialität. In diesem schönen Land schüttelt man die Mörder wie reife Früchte vom Baum, und die Handschellen hüpfen fröhlich vom Gürtel der Polizisten an die Handgelenke der Missetäter. Unsere *serial killers*, die nach Herausforderung und Maßlosigkeit duften, sind im Grunde genommen nur gute Schützen, denen die Nerven durchgegangen sind. Daran ist nichts Verwerfliches. Es ist banal und beinahe unausweichlich. Doch dem europäischen Mörder haftet der schale Geruch der Berechnung und des Geizes an. Seine Knauserigkeit ist verwirrend. Dass unser Hotel mit seinen Vergoldungen und dem Stuck für eine Nacht dieses arglistige Wesen beherbergte, das eher aus Berechnung denn aus Wut handelte, ist das Einzige an dieser Affäre, was ich erschreckend finden kann.«

Elena

Craig hat den ernsten Gesichtsausdruck eines Spielers, einen starren Blick und eine scharfe Zunge. Ein Mann mit methodischem und schlussfolgerndem Denken, dem es gefällt, beißende Urteile in scherzhaftem Ton zu formulieren. Er erörtert das Verbrechen mit derselben Sorgfalt, mit der er ein Huhn zerlegen würde. Vielleicht hält er mich gerade für eine seiner Studentinnen.

Craig

Elena kommt mir sehr viel schöner vor, seit ich für sie getötet habe. Dieses Geheimnis behalte ich für mich. Viele Frauen neigen dazu, Komplimenten auszuweichen. Ich frage mich, was diese Frau darüber denken würde.

Elena

Von Zeit zu Zeit lässt er sein Thema ruhen und ergründet mein Leben, während ich mich enthalte, nach seinem zu fragen. Seine Blicke schweifen in die Ferne, bleiben an einer imaginären Linie am Horizont hängen und kehren dann zu mir zurück wie die eines Sammlers, der seine letzte Errungenschaft streichelt. Keine Ahnung, was ich von diesem schwebenden Blick halten soll, an dem ich nur schwer Halt finde, der sich letztlich aber nie lange von mir entfernt.

Craig

Das Motiv auf den Tellern ist nur noch halb zu erkennen, aber Elenas Gesichtszüge zeichnen sich unter dem Lüster der Himmelsharmonie deutlicher ab als im gedämpften Licht des Hotels. Heute Abend speist Aphrodite bei den Menschen.

Elena

Craig hat ein bisschen von seinem Nimbus im Hotel gelassen. Die Erschöpfung zeichnet sich auf seinem Gesicht ab. Ich ahne, dass er letzte Nacht wenig geschlafen hat. Es ist eiskalt in dem Restaurant. Will er mich erwärmen, indem er mich dauernd von mir sprechen lässt? Von meinem Haus, meinem Beruf, meinem Mann …

Ich erzähle ihm mein Leben, von dem er nie etwas wissen wird. Ich bin nicht sicher, ob ich es wiedererkenne, wenn ich davon berichte. Ich rücke es auf meine Art zurecht, wie ich bei mir zu Hause bestimmte unhandliche Gegenstände in Kartons vergrabe, wenn die Schränke überquellen und die Schubladen nicht zugehen wollen.

Als ich fühlte, dass es so weit war, hielt ich inne und, um den Ball endlich ihm zuzuwerfen, fragte ich:

»Und wer ist die Frau Ihres Lebens, Craig?«

Ein merkwürdiges Licht flackerte kurz in seinem Blick. Er benötigte einen Augenblick, bis er erwiderte, er lebe gerade in Scheidung. Ich denke nicht, dass er in diesem Moment meine Hand hätte ergreifen können, doch instinktiv wich ich zurück.

Sébastien

Ich mag den friedlichen Augenblick nach dem Abendessen, wenn die Gäste noch in den Fluren und Salons verweilen, bevor sie nach und nach wieder ihre Zimmer aufsuchen. »Es ist die Stunde, in der die Löwen zur Tränke kommen«, sagte einer meiner Kollegen, der älter ist als ich und sich nach den kolonialen Grandhotels sehnt. Satt und sanft wandern Paare vom Speisezimmer in den Wintergarten, wo sie Kaffee trinken. Die Bienen gönnen sich noch ein Stündchen Honigsammeln, bevor sie in ihre Waben zurückkehren.

Gerade haben sich der Engländer von 401 und die Italienerin von 203 davongestohlen wie Diebe, verschworen und undurchsichtig, um anderswo zu Abend zu essen. Wenn unsere Gäste sich unsichtbar machen, nutzt die Polizei die Gelegenheit, um heimlich ihre Zimmer zu inspizieren. Alle Etagen werden methodisch durchsucht. Ahnen die beiden, während sie sich mit Lügen wappnen, dass eifrige Hände ihre Kulturbeutel öffnen und nachprüfen, ob ihre Wäsche Blutflecken hat?

Craig

Jedes Mal, wenn sie von ihrem Mann spricht, flötet sie sanft den Namen Stefano. Wie lange wird sie brauchen, bis sie bemerkt, dass meiner wie das Geräusch beim Zertreten einer Schnecke klingt?

Sébastien

Wenn ich signalisiere, dass ein Gast außer Haus gegangen ist, findet sofort die Durchsuchung statt. Polizisten nehmen Fingerabdrücke, machen Fotos und gehen, sobald der Auftrag ausgeführt ist, leise zum nächsten Zimmer über. Durch sie dehnt sich das Verbrechen nach und nach über alle Zimmer aus.

Craig

Ich höre, wie sie sagt, sie sei glücklich mit ihrem Mann, ein kitschiges Lied, dessen Worte lügen und dessen Melodie hinkt. Ich nicke jedoch dazu, und in der Dankbarkeit, die ich in ihren Augen lese, finde ich das Geständnis, auf das ich lauere und das mich beruhigt. An diesem Abend zumindest werde ich nicht mehr verlangen. Erzählen Sie mir weiter von Ihrem Mann, Elena. Wichtiger als das Getränk ist die Art und Weise, wie Sie es mir überaus taktvoll und ganz verwirrt servieren. Ich trinke bereitwillig diesen Aufguss, der mir bald erlauben wird, Champagner zu schlürfen.

Sébastien

Ich habe der Polizei noch nicht gesagt, dass am Abend des Verbrechens der Engländer in die Halle herunterkam, ohne den Lift zu nehmen. Manchmal amüsiert mich die Vorstellung, einen Unschuldigen bloßzustellen, denn nach meinem Dafürhalten birgt es kein Risiko: Es ist nur eine Art, dem Guten den Weg zu ebnen. Einen Schuldigen anzuzeigen, erscheint mir gefährlicher. Man fügt Böses zu Bösem.

Craig

Während ich mich sicher glaubte, ließ sie mich von mir sprechen, und ihre Art zuzuhören verpflichtete mich zu anderen Vertraulichkeiten als denen, derer ich mich normalerweise bei Frauen bediene. Die Formeln, hinter denen ich mich seit Jahren verschanzte, glitten an ihr ab, als ob sie sie nicht hörte. Im Grunde forderte sie eine andere Existenz von mir.

Ich redete einfach drauflos. Die Worte, die ich mit Sorgfalt zu wählen gelernt hatte, drängten sich auf meinen Lippen. Ich stammelte, ich vergriff mich ständig bei den Redewendungen. Ihr fester Blick kompensierte das Wirrwarr meiner Sätze und bot mir immer eine Lebenslinie an.

Der Wachzustand ist dem Traum nur darin überlegen, dass man jeden Morgen genau dort wieder beginnt, wo man war, bevor man einschlief. Für mich hatte der Erfolg dieselbe Rolle gespielt. Seine Kontinuität hatte Niederlagen oder Fehlschläge hinweggefegt, die ich aus meinem Leben zu tilgen bemüht war. Elena holte sie auf meinen

Lebensweg zurück. Ich gefiel mir darin, einige davon zu erzählen, beschwor sogar durch ein Schwelgen in Einzelheiten das Unbehagen, das sie in mir hervorgerufen hatten. Ihr Lächeln lud mich zu Nachsicht gegenüber mir selbst ein. Das erste Mal trat mein offizielles, mein verlogenes Leben in den Hintergrund. Ich betrachtete mein Doppelleben wie eine Spiegelung in einer Fensterscheibe, für die man sich nur interessiert, weil man weiß, dass sie trügerisch ist.

Elena

Wenn ich Craig so ansehe, denke ich mir wieder, dass Hotelliebschaften das Los von Menschen sind, die an niemandem hängen. Gott bewahre mich davor, ihnen zu gleichen.

Craig

Als ich ihr ankündigte, dass wir uns am nächsten Morgen nicht sehen würden – ein Abstecher in die Provinz machte es erforderlich, dass ich das Hotel lange vor dem Frühstück verließ –, schien sie weder überrascht noch neugierig. Wie das? Nicht einmal ein kleiner Anflug von Eifersucht?

Sie fragte:

»Und am Abend?«

»Wollen wir uns um acht Uhr an der Bar treffen?«

»Ich bin nicht sicher, ob ich frei bin. Ich habe ein wichtiges Treffen, das sich ziemlich lange hinziehen könnte.«

Verlegenes Schweigen. Was für eine Erleichterung, als sie präzisierte, dass sie zur Einweihung einer neuen Filiale musste! Ich hatte mir schon vorgestellt, wie sie unter den Küssen eines Pariser Liebhabers in die Knie ging.

»Dann also um dreiundzwanzig Uhr an der Bar?«

Ihre Antwort war ein Echo:

»Dann um dreiundzwanzig Uhr an der Bar.«

Meine Erleichterung wäre nicht größer gewesen, wenn die Polizei mir eine offizielle Bestätigung meiner Unschuld überreicht hätte.

DONNERSTAG

Elena

Als ich den Frühstücksraum betrat, dachte ich an nichts mehr. Ein paar Stunden Schlaf hatten genügt, um Adriano Rapanazzi aus meinem Gedächtnis zu löschen, der, als er mich bemerkte, mit den Armen zu wedeln begann wie eine Windmühle. In dieser Nacht hatte ich zum ersten Mal seit meiner Ankunft in Paris tief geschlafen, und als sich unsere Blicke trafen, konnte ich ein zufriedenes Lächeln nicht unterdrücken, das sich weniger an ihn richtete als an mich selbst. Im Gegenzug bedachte er mich mit einem schmeichelnden Blick, und da ich mit Bedacht einen recht weit von seinem Tisch gelegenen Platz gewählt hatte, kam er quer durch den Raum mit der Tasse in der Hand zu mir.

»Welch ein Glück, Sie zu treffen«, rief er aus, während er sich vor mich setzte. »Darf ich Ihnen etwas ganz im Vertrauen sagen?«

Ich träumte, ich würde ihm sagen: »Natürlich nicht, wie Sie sehen, bin ich nicht vertrauenswürdig.« Doch mein Landsmann war beharrlich, und ich hatte keinerlei Möglichkeit, mich zu entziehen.

»Es geht um eine delikate Angelegenheit«, fuhr er fort, ohne sich durch mein Schweigen gekränkt zu fühlen. »Mein Bruder kam bei Frauen sehr gut an. (Zufriedenes Lächeln.) Er hat sich hier und da sogar mit ein oder zwei eingelassen ... (Peinlich berührtes Lächeln.) Jetzt, da er tot ist, werden sie versuchen, Kontakt mit mir aufzunehmen. (Genießerisches Lächeln.)« Er hielt einen Moment inne, als wollte er seine Wirkung auskosten.

Ich enthielt mich jeder Gefühlsäußerung, denn ich ahnte, dass er die kleinste Reaktion von meiner Seite als Ermutigung aufgefasst hätte.

»Was habe ich damit zu tun?«, fragte ich eisig.

»Ihr Rat könnte mir helfen. Mir scheint, als Frau ...«

Meine Lage wurde ungemütlich: Ich hätte wohl kaum so tun können, als wäre ich keine.

»Wissen Sie, solange sie verliebt sind, neigen sie dazu, überall den zu suchen, den sie geliebt haben. Und ich ähnele Arturo ja so sehr ...«

Er wackelte zufrieden mit dem Kopf, die Lippen aufgeworfen und einen Eroberblick aufgesetzt.

Ich zögerte ihm zu sagen, dass meines Erachtens keine Frau riskieren würde, sich in ihn zu vergucken. Meine Skrupel werden mich noch einmal Kopf und Kragen kosten. Ich versuchte ein Ablenkungsmanöver:

»Wenn sie sich an Sie wenden (jetzt hielt ich einen Moment inne), verkünden Sie ihnen, dass Sie impotent sind.«

Er sah schockiert aus.

»... oder homosexuell.«

Er zog eine Grimasse.

»... oder dass Sie daran denken, in ein Kloster einzutreten.«

Er protestierte lauthals:

»Vorausgesetzt, sie wissen es noch nicht, werden sie schnell herausfinden, dass ich verheiratet bin.«

»Dann sagen Sie ihnen, dass Sie treu sind.«

Er warf mir einen mürrischen Blick zu, der keiner Antwort bedurfte.

Ich warf einen letzten Stein in den bodenlosen Brunnen seiner Eitelkeit.

»Erklären Sie ihnen, dass Ihr Konto gesperrt ist.«

Tief in seinen Augen sah ich Bewunderung aufblitzen.

Amélie

Ich kam aus dem Hotel, sprang in den Bus und fuhr in die Rue de Clichy zu einer Hellseherin, die ich nur in wichtigen Angelegenheiten um Rat frage. Dieses Verbrechen hatte mir den Mund wässrig gemacht. Ich wollte die Erste sein, die den Blumentopf findet. Danach würde ich entscheiden, was sich mehr lohnt, Verhandlungen mit der Polizei oder mit dem Mörder.

Mit klopfendem Herzen stand ich vor der Tür. Ich

wartete eine Minute, bevor ich klingelte, um sicherzugehen, dass mir niemand gefolgt war. Als ich dann vor der Geisterseherin saß, erklärte ich ihr die Angelegenheit mit gewählten Worten, wie ich es gelernt habe, seit ich im *Paradise* arbeite. Ein starker Moment. Ich habe große Gefühle immer gemocht. Sie streichelte die Kugel, dann sperrte sie die Augen auf. Mir lief ein Schauer über den Rücken, denn da war wieder die eisige Stille aus der Suite Nr. 205.

Kaum hatte sie zu sprechen begonnen, begriff ich, dass ich meine Zeit vertan hatte. Für sie war im Hotel am Anfang der Woche nichts geschehen, außer der ziemlich gewöhnlichen Begegnung einer untadeligen Italienerin mit einem Engländer ohne Geschichte. Sicher, es hatte ein Unglück in einer Suite gegeben, wie es sich alle Augenblicke überall auf der Welt ereignet, aber ein Verbrechen? Wo denken Sie hin! Dieser geringschätzige Ton gefiel mir nicht. Es fehlte nur noch, dass ich mich dafür entschuldigte, sie wegen nichts und wieder nichts gestört zu haben.

Als ich die Treppe hinunterging, dachte ich, dass sie sich ruhig die Mühe hätte machen können, die Zeitungen zu lesen, bevor sie mich empfing. Dann hätte sie, wenn sie schon nicht den Namen des Mörders kannte, wenigstens gewusst, dass unser Gast nicht nur einmal, sondern dreimal getötet worden war.

»Wenn es kein Mord war, dann handelt es sich bestimmt um einen Betrug der Lebensversicherung«, vermutete unsere Kollegin Sylvia aus der dritten Etage, als ich ihr von der Sitzung bei der Hellseherin erzählte.

Idiotin. Ich weiß, warum sie unbedingt den Eindruck erwecken will, auf dem Laufenden zu sein. Sie ist sauer, weil ich den Leichnam gefunden habe. Aber sie täte besser daran nachzudenken, bevor sie den Detektiv spielt: Betrug oder nicht, Lebensversicherung hin oder her, von irgendjemandem muss der Tote ja ermordet worden sein.

Sébastien

In diesem Moment wird ein weiblicher Gast aus Tokyo von der Polizei verhört. In ihrem Zimmer, das neben der Suite Nr. 205 liegt, haben die Ermittler eine Waffensammlung aus kleinen Messern mit Horngriffen und scharf geschliffenen Klingen gefunden, ebenso eine Kollektion von Krawatten, die identisch sind mit der, an der das Opfer erstickt ist. Eine Herde kleiner blassgrüner Elefanten, gedruckt auf korallenrotem Hintergrund, könnte diese Frau auf direktem Weg hinter Gitter bringen.

Die Ermittler verhörten sie in Gegenwart eines Übersetzers in einem Zimmer, das die Hoteldirektion ihnen zur Verfügung gestellt hat. Sie entspricht genau dem Bild, das man sich von einer Mörderin wie von einer untadeligen Frau macht: elegant ohne Abstriche, monotone Stimme, internationale Anerkennung. So stellt man sich Doppelagenten vor, die ihren Feinden manchmal wegen einer Kleinigkeit in die Hände fallen: in unserem gegebenen Fall ein allzu ausgeprägter Hang zu Stahl und Seide.

Ich werfe mir vor, ihr in den letzten Tagen nicht mehr Aufmerksamkeit gewidmet zu haben. Sollte sie festgenommen werden, würde ich nur eine ziemlich vage Erinnerung an sie behalten: ein tadelloses Profil, ausdruckslose Augen. Nichts als Banalitäten. Würde ich sehen, wie sie für immer zwischen zwei Polizisten davonginge, den Mantelkragen bis zu den Ohren hochgeschlagen, als wäre es das Wichtigste für sie, sich weiterhin mit äußerster Sorgfalt ihrer Aufmachung zu widmen – ihre letzte Sorge als freie Frau –, hätte ich das Gefühl, etwas verpasst zu haben.

Craig

Der redselige Zwillingsbruder bleibt einen Tag länger in Paris, ohne dass ich eine Ahnung habe, was ihn zur Verlängerung seines Aufenthalts veranlasst hat. Was tun, außer mich damit abzufinden? Elena störte sich nicht daran, dass er zur selben Zeit in der Bar hockte, zu der wir dort miteinander verabredet waren. Ich hatte sogar den Eindruck, dass sie keinerlei Unterschied zwischen einem Abend zu zweit oder zu dritt machte. Leider! Eifersucht kann ich mir nicht erlauben: Es wäre zu gefährlich gewesen, nach Remus auch Romulus ins Grab zu befördern.

Als wir zu dritt vor einem Teller *Canapés* saßen und

anstießen wie alte Freunde, war es kaum von Belang, dass der eine den Bruder des anderen getötet hatte, weil jener das Pech hatte, der Dritten zu missfallen. Ehrenleute halten sich nicht mit solchen Details auf. Ein wenig Zechen genügt, um das Kriegsbeil zu begraben. In einem solchen Augenblick der Harmonie hätten Reuegefühle oder Hintergedanken etwas Zynisches.

Sébastien

Seit der Tragödie erhält Amélie mehr Trinkgeld, manche Gäste fragen sie nach ihrer makabren Entdeckung, und ich glaube, die Sirenen des Starkults stellen sie auf die Probe. Wenn man sie so hört, findet sie jeden Morgen quer durch alle Betten die Laken vor wie aufgewühlte Meere. Ein Zeichen, dass die Paare sich näherkommen, sagt sie. Oder dass sie schlechter schlafen.

Die Bar ist immer voll. Man bestellt starke Drinks und Cocktails mit klingenden Namen. Die Verbundenheit zwischen den Gästen wächst. Der Tonfall wird wärmer. Man wiegt sich zum Klingen der Sektschalen und zum Klirren der Eiswürfel in den Gläsern.

Craig

Das Gleichgewicht eines Paares scheint immer anfällig zu sein. Das eines Trios noch viel mehr. Wir waren nun ein Quartett. Arturo Rapanazzi hatte aus mir Elenas Herzbuben gemacht. Adriano hatte ich es zu verdanken, dass ich ihr vermeintlicher Gatte wurde: der Mann, der auf sie wartet und dabei auf die Uhr sieht, der weiß, dass sie immer einen Campari Orange trinkt, und ahnt, wie sie ihren Satz beenden wird. Ganz ungezwungen legte sie gegen halb zwei Uhr früh ihre Hand auf mein Handgelenk, als sie sich erinnerte, dass der Tag anstrengend und es Zeit war, ins Bett zu gehen.

Das Gleichgewicht kippte, als wir ein Quintett probierten, das heißt in dem Moment, als der Barkeeper mit der hinterhältigen Freude derer zu uns kam, die sich anschicken, eine schlechte Nachricht zu überbringen.

Elena

In den Stunden, die wir zusammen verbracht haben, redeten wir über alles Mögliche, bloß nicht über Arturo, die einzige Verbindung zwischen uns dreien. Nachdem der Abend sich grundlos in die Länge gezogen hatte, wollten wir schon als gute Bekannte, wenn nicht gar Freunde, auseinandergehen, als der Barkeeper, um Geheimnisse verlegen, uns eine Information ins Gesicht schleuderte, die wie ein eisiger Windstoß auf mich wirkte: Das Verbrechen sei von einer Japanerin begangen worden, über deren Motiv man noch nichts wisse, die Polizei nehme allerdings in diesem Moment ihr Geständnis auf. Bei dieser Nachricht erstarrte Adriano. Ich bedauerte, dass man ihn auf so rabiate Weise an seinen Trauerfall erinnerte. Craig verschlug es die Sprache. Genau in diesem Augenblick stimmte der Crooner vom Dienst ein paar Takte von *Ti amo* an und gab seiner rauen Stimme einen schmachtenden Beiklang. Wir gingen wortlos auseinander. Dieser Operettenabend endete mit einem düsteren Schlussakkord.

Craig

Als wir uns trennten und jeder auf sein Zimmer gehen wollte, gab es zwischen uns einen köstlichen Moment der Unschlüssigkeit, den ich schamlos in die Reihe meiner Verführungserfolge einreihe. Ich hatte den Eindruck, dass Elena sich fragte, ob sie mir folgen solle.

Fast mit einem Trällern kehrte ich in mein Zimmer zurück, wo mich eine neue schlaflose Nacht erwartete. Der Tod einer männlichen Schwatzbase machte mir keine Gewissensbisse, eine Unschuldige an meiner Stelle verurteilen zu lassen hatte bisher jedoch nicht zu meinen

Plänen gehört. Da er mich durch seine Geschwätzigkeit den Qualen des schlechten Gewissens aussetzte, brachte mich der Barkeeper um den ausgiebigen Erholungsschlaf, auf den ich nach einigen Drinks und Elenas Gegenwart an meiner Seite an diesem Abend gehofft hatte.

Craig

Schlechte Nacht. Eine ungeschickte Frau lässt sich Handschellen anlegen, und ich bin der Leidtragende. Ich wälze mich im Bett von einer Seite auf die andere, finde für meinen Nacken keine Stütze in diesen viel zu weichen Kissen. Stehe auf, um im Badezimmerspiegel einem Verbrechergesicht gegenüberzutreten. Entdecke an mir die Züge eines Alkoholikers, den Blick eines Rasenden, den Schmollmund eines verletzten Liebenden. Mein Lid fällt auf ein stumpfes Auge, in dem sich kein Funken regt, denn in meinem hohlen Kopf hausen um diese Zeit weder Fluchtfantasien noch echte Gewissensbisse. Ich stecke in der Mausefalle des Verbrechens wie eine jener garstigen U-Bahn-Ratten mit dreckigem Fell und farblosen Barthaaren.

Elena

Manche Träume sind alte Feinde, die uns treu bleiben, uns aber nur unregelmäßig heimsuchen, damit sie uns garantiert immer neu überraschen. Soeben war da wieder die morsche Treppe aus wackligen Brettern unter der baufälligen Decke, auf die ich mich in schlimmen Nächten wage. Statt umzukehren, was besser für mich wäre, steige ich unter immer größerer Anstrengung Stufe um Stufe hinauf. Ich stolpere. Ich schürfe mir die Arme an der Wand auf. Mein Kopf stößt an die Decke, die davon Risse bekommt. Trotzdem steige ich höher und höher, bis die Treppenstufen enden. Während ich mich umdrehe, wird mir klar, dass ich nicht zurückgehen kann. Als ich aufwache, bin ich außer Atem.

In diesem Augenblick wäre ich gerne zu Hause. Dann würde ich so leise wie möglich vom Bett aufstehen. Ich würde auf Zehenspitzen in die Küche schleichen. Ich würde ein wenig Wasser trinken, dann das Glas im Ausguss stehen lassen. Dort würde es mein Mann am nächsten Morgen sehen und mich liebevoll tadeln: »Du hast wohl schlecht geschlafen?«

Sébastien

Wenn das Licht der Morgendämmerung in die Halle dringt, meint man, etwas vom Schattenreich der Seelen und der stillen Hintergedanken zu erhaschen. So stelle ich mir das Fegefeuer vor: ein farbloses *No man's land,* in dem jeder Zipfel der Nacht eine Gewissensfrage stellt, in dem jede in fahler Helligkeit liegende Oberfläche die Hoffnung auf eine Erlösung birgt.

Ich muss nicht mehr lange warten, bald kann ich nach Hause gehen. In Kürze werde ich zum Spind gehen, meine Tageskleider anziehen. Auf den Straßen werde ich wieder die bleichen Gesichter des Morgens sehen.

In wenigen Stunden, wenn ich in meinen vier Wänden erwache, wird mir das Hotel wie ein merkwürdiger Traum vorkommen. Die Täuschung wird andauern, bis ich wieder meinen Dienst antrete. Es ist schon vorgekommen, dass Gäste, die tagsüber am Montmartre spazieren gingen, mir zufällig über den Weg liefen. Nie haben sie mich erkannt.

FREITAG

Elena

Adriano hatte es sicher nicht übers Herz gebracht aufzustehen. Im Halbdunkel seines Zimmers träumte er wahrscheinlich, während leicht sägender Atem seinen Oberkörper hob und senkte, dass er an einem exotischen Strand mit einem Hubschrauber halbnackt einer Heerschar schmachtender Frauen entkam, die vergeblich die Arme nach ihm ausstreckten.

Im Frühstücksraum saß Craig mir gegenüber, mit steifem Nacken und trübem Gesicht. Wir rührten die Pyramide aus Feingebäck nicht an, die eine emsige Hand in einem silbernen Körbchen für uns aufgetürmt hatte. Alle Frauen wissen, dass Luxus ein Appetitzügler ist. Wortlos betrachteten wir den schwarzen Spiegel des Kaffeetümpels am Boden unserer Tassen. Undeutliche Gedanken zogen vor uns vorüber wie schwere Wolken. Der Film des Tages lief schon. Und die Müdigkeit sorgte für genug Abstand zwischen uns, dass ich mich ohne Gewissensbisse dem Glück hingeben konnte, bei ihm zu sitzen.

Craig

Heute Abend essen wir zusammen, Elena. Ohne Adriano und ohne Zeugen. Wir gehen nicht noch einmal in die *Harmonie des Himmels*. Wie ängstliche Touristen, die sich nach Anbruch der Nacht nicht mehr auf die Straßen hinauswagen wollen, werden wir im Hotelrestaurant Zuflucht suchen. Weil es das Einfachste ist und weil wir dort zu Hause sind.

Wir werden einander gegenübersitzen wie in diesem Augenblick. Jeder wird an das Flugzeug denken, das ihn morgen in sein Leben zurückbringt. Wir werden einander gehören wie alle, die in der Morgendämmerung auseinandergehen müssen. Ich werde Sie lieben. Ich werde es Ihnen bestimmt sagen. Sie werden es nicht nötig haben, die Erstaunte zu spielen. Und Sie werden sich vor meinen Augen sträuben, wie man es unter solchen Umständen tut, mit Worten, die man in der Verwirrung zufällig, in aller Unschuld, ausspricht und an die man sich bis an sein Lebensende erinnert.

Elena

Ich hatte einen jener Marathontage in Angriff genommen, die der Grund für meine Reise nach Paris sind. In diesen

Fällen weiß ich, was mich erwartet: zu viel Arbeit, schlechtes Arbeiten, mit Zahlen jonglieren, einen Termin nach dem anderen absolvieren, jedes Mal dieselbe Diskussion führen, die nie zu einem Ergebnis führt. Ich trete Leuten gegenüber, die sich wegducken und ewig reden, die Langsamkeit für einen Zugewinn an Ernsthaftigkeit zu halten scheinen. Wenn sich die Diskussionen endlos ziehen, werfen sie einem mit Freude das große Wort Verhandlungen hin. Zu häufig auf die Uhr zu schauen würde bei ihnen als ein Mangel an Professionalität gelten. In der Regel komme ich durch den Tag, ohne ins Straucheln zu geraten. An diesem Freitag erwartete mich jedoch eine Prüfung, mit der ich nicht gerechnet hatte.

Ich habe meine Stelle verloren. Das ist einer dieser Donnerschläge, die nur den Betroffenen niederschmettern, ihm aber das Gefühl geben, dass ihm alles davonschwimmt.

Die Nachricht kam gegen vierzehn Uhr. An der Reaktion der Leute um mich erkannte ich, dass alle vor mir davon in Kenntnis gesetzt worden waren. Ich war tot und hatte es nicht gewusst. Rückblickend war ich allen, die mich die Woche über nicht beachtet hatten, vielleicht um einen Verdacht in mir aufkeimen zu lassen, beinahe dankbar. Sie hatten wenigstens den Mut, grausam zu sein. Warum nicht? Feigheit ist nicht edler.

Ich hatte an diesem Tag zu viele Dinge zu regeln, um die Fassung zu verlieren. Wie immer, wenn es stressig wurde, kam mir die kleine Stimme zu Hilfe, die mir »das hat Zeit, das hat Zeit« ins Ohr murmelte. Für den Augenblick half mir die Sorge um die nächsten Schritte, das Gesicht zu wahren. Einige werden gedacht haben, ich hätte Nerven aus Stahl. Weit gefehlt.

Gegen neunzehn Uhr verzog sich jeder und vermied es, mir Auf Wiedersehen zu sagen. Die Woche war vorüber. Ich war so allein, wie man nur allein sein kann. Wehrlos. Das war der einzige Moment, in dem ich das Gefühl hatte, den Boden unter den Füßen zu verlieren.

Als ich ins Hotel zurückfuhr, war in meinem Leben nichts mehr wie zuvor. Ich fand mich ohne Stellung wieder in einem Sektor, in dem man nach einem Absturz nicht mehr zurückkommt. Jene, die am Vorabend noch Lobeshymnen auf dich gesungen haben, bieten dir nur nur noch halbe Sachen an und achten darauf, sie dir als Chance zu verkaufen. Sie abzulehnen wäre Selbstmord. Wer glaubt, er könne Widerstand leisten, deklassiert sich nur noch ein wenig mehr.

Sébastien

Die Frau aus Tokyo ist entlastet. Man hat ihr Alibi überprüft. Die Messer und die Krawatten, die sie zu belasten schienen, sind zwei Tage nach dem Verbrechen in einem Geschäft in der Nähe des Hotels gekauft worden. Außerdem konnte man keinerlei Verbindung zwischen ihr und dem Gast in Zimmer 205 herstellen. Nach vierundzwanzig

Stunden in der Hölle ist sie jetzt heiliggesprochen. Ich habe es allerdings bedauert, dass ihre Unschuld so schnell bewiesen wurde. Die Leser der Skandalblätter hätten sich gerne in diesen eleganten Puma mit den violetten Wildlederhandschuhen verliebt.

Unmittelbar danach kündigte sie ihre Abreise aus dem Hotel an. Als sie den Schlüssel abgab und ihre Rechnung unterschrieb, schien mir, ich hätte eine Résistance-Heldin vor mir.

Die Polizisten schwärmten wieder in die Flure des *Paradise* aus. Haie, die vor einem Luxusstrand kreuzen und von denen man nur die Flossen sieht. Um Gesellschaft zu haben, legte ich das Messer vor mich hin, das ich Dienstagfrüh im Morgengrauen gefunden hatte. Manchmal benutze ich es, um einen Brief zu öffnen. Von nun an hat es, ungewöhnlich, doch vertraut, seinen Platz unter meiner Lampe.

Elena

Ich kehrte ins *Paradise* zurück, wo das Modehaus mir noch für eine Nacht das hübsche Zimmer reserviert hatte, vielleicht um mich zu überzeugen, dass man mich stilvoll verabschiedete. Bald ist Schluss mit dem flauschigen Bademantel und der Schokolade auf dem Kopfkissen.

Der Anruf bei meinem Mann ist eine Herausforderung. Der Bericht darüber, dass ich in Ungnade gefallen war, würde sich in ein Gerichtsverfahren verwandeln. Er würde sehr ernsthaft fragen, was die Entscheidung des Unternehmens rechtfertigen könnte. Mit großer Umsicht würde er meinen Prozess führen. Mit Craig zu sprechen war einfacher und hatte keine Konsequenzen. Vor dem Anruf zu Hause wollte ich an ihm ausprobieren, wie die Nachricht ankam. Ich war mir nicht bewusst, eine Treulosigkeit zu begehen, als ich mich an der Rezeption erkundigte, ob der Gast von Zimmer 401 schon zurückgekehrt sei.

»Nein, Madame, sein Schlüssel ist hier. Möchten Sie ihm eine Nachricht hinterlassen?«

Ich mochte die hellen blauen Augen des Manns vom Empfang nicht. Seit dem ersten Tag schien dieser Grünschnabel auf meinen Sturz zu warten. Ich hätte nicht gedacht, dass ich ihm so schnell recht geben würde.

»Im Augenblick nicht, danke.«

Meine Stimme klang rau, als ob ich mir etwas vorzuwerfen hätte.

Ich gesellte mich mit dem Gang einer Verurteilten wieder zur Menge jener Alleinreisenden, die vor mir Zimmer 203 bewohnt hatten. Ich streckte mich auf dem Bett aus. Auf dieselbe Stelle hatte sich eines Abends ein stockbetrunkener Mann fallen lassen, der es nicht mehr schaffte, seine Schuhe auszuziehen. Ein anderer hatte den Telefonhörer abgenommen, um seine Frau zu belügen, während er seine Geliebte küsste. Ich spürte ihre Schatten, war aber zu kraftlos, um ihren Beistand zu erflehen.

In ein paar Tagen würde sich eine Unbekannte in mein Büro in Florenz setzen. Sie würde meine Aufgaben übernehmen und mein Gehalt beziehen. Nicht für lange, die Arme. Ich wusste es schon, und an diesem Abend hatte ich noch genug Vorstellungskraft, um sie zu bedauern. In Paris würde sie in meinem Zimmer untergebracht werden. Sie würde sich in meinem Badezimmer schminken, sich in meinen Sessel setzen und sich in mein Bett legen, bis auch sie an der Reihe war, über Bord zu gehen.

Ich ließ mir ein Bad einlaufen und betrachtete ernüchtert die Zimmerausstattung, von der ich am ersten Abend geglaubt hatte, sie würde mich vor allem schützen. Die weiße Wanne und der Spiegel glänzten tadellos. Die dicken Handtücher und die Fläschchen mit Badeschaum hatten brav auf mich gewartet in jenen Stunden, als in weiter Ferne, in einer anderen Welt, böse Geister meinen Sturz anzettelten. Diese Amulette hatten die bösen Geister nicht abwenden können. Ich konnte nicht anders, als es ihnen ein wenig zu verübeln.

Ich führte ein blassgrünes Seifenstück an mein Gesicht, das glatt wie ein Jadestein war und den frischen Duft von Minze verströmte. Es war noch sanfter als ein vom Meer geschliffener Kiesel und von nahezu pflanzlicher Wärme. Ich drückte die Seife in meiner Handfläche, als ob ich noch immer an ihre Kraft glaubte. Ich fuhr mit ihr über meine Stirn, um den Fluch der Ungnade von mir zu nehmen, doch das Märchen war zu Ende: Kein hilfreicher Geist stieg mit seinen Glöckchen und seinem Turban vor mir auf.

Als ich meinen Nacken in das siedend heiße Wasser tauchte, gingen mir wieder die Sätze durch den Kopf, die ich während des Tages aufgeschnappt hatte. Das symphonische Geschwätz der Stimmen hielt an, brummte in meinen Schläfen. Die Gesichter dagegen verblassten. Die Abwesenheit begann sie zu verzehren. Wörter sind hartnäckiger als Blicke.

Schließlich klingelte das Telefon. Das konnte nur Craig sein. Mein Mann rief nach dem Abendessen an und immer auf dem Handy. Ich blieb im Bad und nahm nicht ab, aber ich rief zurück, sobald ich fertig war. Ich wusste, dass er auf mich wartete. Ich stellte mir vor, wie er in seinem Zimmer auf dem Bett saß oder auf und ab lief. Es gab an diesem Abend in Paris jemanden, der auf mich wartete.

Wir trafen uns im Speisesaal, wo wir uns einander gegenübersetzten wie zwei Menschen, die sich seit sehr langer Zeit kennen.

Craig

Mir schien, sie hatte sich für ein Gala-Diner zurechtgemacht. Schwarzes Kleid, lila Lidschatten. Sie kam mir schmaler vor als am Vorabend, vielleicht etwas reservierter. Als ich sie ansah, bemerkte ich wieder diesen leidenden und erzürnten Zug an ihr wie am ersten Abend, diese Zurückhaltung ihrer ganzen Person, die mir zuerst so romanhaft erschienen war. Sie war aus einem Buch gepurzelt, um sich an meinen Tisch zu setzen, und ich kostete diese Seite der italienischen Literatur, die mir ein Rendezvous im Hotelrestaurant gewährt hatte, wie einen großen Wein.

Während wir aßen, setzte sich ein Paar an den Tisch hinter uns. Die Frau sah ihr ein wenig ähnlich. Von nun bot sich mir noch ein zweites Bild. Sie erschien mir so, wie Elena an einem anderen Abend in Begleitung ihres Mannes hätte sein können, mit der Last und den Annehmlichkeiten der Gewohnheit. Ich sah sie beide dieselben Bewegungen auf dieselbe Weise machen: die Karte mit einer bestimmten Geste zuklappen, die Serviette mit einer Hand gewissenhaft auffalten, mit dem Löffel eifrig in der Kaffeetasse rühren.

Elena

Neben uns, hinter Craig, sitzt ein erbärmliches und legendäres Paar: eine blutjunge Frau in Begleitung eines Mannes, der alles andere als jung ist. Er hat einen *Grand Cru* bestellt. Gleich kommt das Dessert. Die Flasche ist noch zu einem Viertel voll, er wird sie bis zum letzten Tropfen austrinken, aber in kleinen Schlucken, denn wahrscheinlich meint er, sie langsam zu leeren sei weniger vulgär. Unterdessen drängt er ihr Erinnerungen auf, die sie schon kennt, oder gesteht ihr Dinge, an die sie nicht mehr glaubt.

Er redet. Er gibt für sie die scheußliche Komödie des Mannes, der alles weiß. Wie könnte es auch anders sein? Er legt Wert darauf, diesen sehr kostspieligen Wein leer zu trinken. Im Übrigen hat er keine Eile, mit ihr allein zu sein. Das goldene Gepränge im Speisesaal verleiht dem farblosen Paar etwas Glanz. Sie verschwendet ihr Leben dabei, seinen Reden zuzuhören und ihn beim Trinken zu betrachten. Manchmal wird ihr übel, wenn sie ihn umgekehrt trinken hört und reden sieht, selbstgefällig, teigig, abgestumpft bis ins Mark. Danach gehen sie resigniert auf ihr Zimmer, von dem er das Gefühl hat, er habe es ihr geschenkt, weil er bei der Abreise die Rechnung zahlen wird.

Im Laufe der Jahre ist mein Blick schärfer geworden, und heute lässt er den Leuten, denen ich begegne, kaum noch eine Chance. In diesem Moment rettet mich allerdings Craig vor dieser Klarheit, die mich verzweifeln lässt.

Ich weiß, was mich in den kommenden Tagen erwartet: eine klägliche Heimkehr, gedrückte Stimmung, dann die Suche nach einer neuen Stelle. Briefe, die ohne Antwort bleiben, Verabredungen, die nicht eingehalten werden, Gespräche, die mit folgenlosen Versprechen enden. Ihm verdanke ich, dass wenigstens für einen Abend noch eine Tür aufgeht.

Craig

Elenas Ohrringe passen zu den Vorhängen im Speisesaal. Die verborgene Harmonie, die sie mit der Farbgebung des *Paradise* verbindet, gleicht einer Vorherbestimmung. Ich betrachte sie, und ich denke, dass sie schon seit Jahren hier ist, geduldig auf unsere Begegnung gewartet hat. Ihr Gesicht ist zugleich Erinnerung und Ahnung.

Elena

Am Ende des Essens brannten mir die Worte auf den Lippen. Ich spürte, für Craig würde ich Fragen beantworten müssen, die mir niemand aus meiner Umgebung je stellt: Ob ich glücklich sei, zum Beispiel, oder ob ich mit der Zeit unzufrieden geworden sei mit meinem Leben.

Craig

Sie erzählt mir, dass sie zu Hause oft stundenlang arbeitet und dabei ihrem Mann gegenübersitzt, jeder intensiv in eine andere Sache vertieft.

»Wir wechseln den ganzen Tag über kein Wort, aber wir sind immer im selben Zimmer. Stundenlang trennt uns nichts. Das hat etwas, nicht wahr?«

»Und hat es auch etwas, wenn ich Ihnen an diesem Abend gegenübersitze?«

Sie lächelt und bleibt die Antwort schuldig. Ich spiele weiter den verliebten Schalk.

»Sind Sie glücklich, wenn Sie mit ihm zusammen sind?«

»Im Grunde ja, aber jedes Mal, wenn er seufzt, verletzt es mich ein wenig.«

»Ich finde es rührend, dass Sie ihn so sehr lieben.«

»Ich finde es feinfühlig, dass Sie das bemerken.«

Jetzt war ich derjenige, der lächelte.

Elena

Ich blieb immer stumm, wenn er sagte: »Ob wir uns wiedersehen«, »Wenn wir uns wiedersehen«. Als er allerdings einen Satz einleitete mit »Das nächste Mal, wenn ...«, wisperte ich unwillkürlich: »Glauben Sie?«, was weniger wie eine Frage, mehr wie eine Weigerung klang.

»Sie haben mir noch immer nicht Ihre Adresse gegeben, wie Sie wissen«, fügte er hinzu.

Anstatt ihm schlicht und einfach eine Visitenkarte zu geben, antwortete ich mit einer unbestimmten Handbewegung, die vielversprechend sein und Hoffnung wecken sollte und die mir guttat. Aber ich blieb standhaft:

»Sie haben mir ja Ihre gegeben. Das Austauschen von Adressen ist doch oft eine Art von Lüge. Ich bin mir nicht sicher, ob ich darauf Lust habe.«

Um das Argument zu entkräften, schüttelte er den Kopf.

Jedenfalls eilte es nicht, denn wir würden uns am nächsten Morgen wiedersehen.

Craig

Ich betrachtete ihren fiebrigen, nie ruhenden Blick, ihre Kopfbewegungen, während sie sprach. Diese Mischung aus Anmut und Schroffheit, die mich stundenlang dem Schauspiel der Vögel zusehen ließ. Ich stellte sie mir als Möwe vor, als Reiher, der mit einem Flügelschlag davonflog oder auf einer Wasserfläche landete. Ich sah sie auch, wieder Frau, mit ihrer Hand über meine Wange streichen, mein Gesicht an ihre Schultern führen oder meinen Nacken liebkosen.

Vorhin habe ich auf die Rückseite eines Umschlags die drei Buchstaben *L-N-A* gezeichnet, deren Zusammenspiel einem kleinen Wunder gleicht: Epiphanie mit anschließender Himmelfahrt. Sie erschien, und ich schwebte in den Himmel.

Elena

Der Abend wäre anders verlaufen, wenn Stefano mich zur verabredeten Zeit angerufen hätte. Doch das kleine schwarze Monster, das ich neben meinen Teller gelegt hatte, hat an dem Abend nicht vibriert. Wollte er mir begreiflich machen, dass jetzt Schluss sei mit seinen unpassenden Bekundungen und dass er mich von nun an mit seinem Schweigen quälen würde? Ich zog meine Hand nicht zurück, als Craigs Hand sich ihr näherte. Ich unterbrach die Sätze nicht, die er mit »Mit Ihnen …« einleitete. Ich folgte ihm auf sein Zimmer und verbrachte dort die Nacht. Ich wusste, ich hätte es nicht tun sollen, aber ich wusste auch, dass es dennoch notwendig war.

SAMSTAG

Craig

Als ich die Augen öffnete, lag sie nicht mehr neben mir. Ich nahm den Telefonhörer ab und wählte ihre Nummer. Sie war am Packen. Ich musste mich ebenfalls beeilen. Unsere Flugzeuge starteten fast zur selben Zeit von zwei verschiedenen Flughäfen.

Ich räumte das Hotelzimmer in dem Bemühen, es wieder so zu sehen wie am ersten Abend, als einen anonymen, nicht belegten Ort. Es gelang mir nicht. Jeder Gegenstand war von nun an Teil meiner Geschichte. Die Nachttischlampe. Der Telefonhörer. Ich warf einen Blick durch den Raum. Die Inspektion in letzter Minute verwandelte sich in Sehnsucht. Bedauerliche Verwechslung der Genres.

Als er mich mit Koffer und betretenem Blick kommen sah, fragte mich der Liftboy, ob ich einen angenehmen Aufenthalt gehabt hätte. Ich murmelte nur: unvergesslich, was ihn zu beruhigen schien, obwohl meine Stimme trübselig klang. Dieser Page reagierte immer zur Unzeit. Er sah mich mit blitzenden Augen an, freundlich und beharrlich, damit ich ein paar Euros für ihn aus der Tasche zöge. Zu meiner großen Beschämung fand ich nichts. Er unterließ es dennoch, eine Grimasse zu ziehen.

Elena

Wir hatten noch Zeit, einen Kaffee zu trinken, bevor unsere Taxis kamen. Wir wussten, wir würden uns nicht wiedersehen. Manchmal ist es sehr angenehm, nichts zu erhoffen. Wenn man über vierzig ist, bringt der Zufall das Leben aus dem Gleichgewicht, statt es aufzubauen. Es ist nicht unangenehm zu wissen, dass er ein Ende hat.

Wir setzten uns Seite an Seite auf eine Terrasse, über die ein Strahl der Herbstsonne strich. Wir verbrachten eine Viertelstunde damit, abwechselnd unsere Tassen und die Passanten anzuschauen. Ich fühlte mich ihm zugleich eng verbunden und sehr fern. So saßen wir, Schulter an Schulter, gewiegt von dem Kummer, auseinandergehen zu müssen.

Craig

Ich hatte mir alles Mögliche vorgestellt, bevor wir auseinandergingen. Ich würde nicht mehr in die Vereinigten Staaten zurückkehren. Wir würden unser Leben gemeinsam beschließen, uns dazu in Gästezimmern an der bretonischen Küste einmieten. Wir würden einen achthundertzweiundsiebzigseitigen poetischen und visionären Essay verfassen, der nicht einmal unsere engsten Freunde interessieren würde. Oder aber wir würden uns aus den Augen verlieren, bis wir uns einige Jahre später, durch Zufall, auf einer griechischen Insel wieder begegnen würden, wo wir einander bei Sonnenuntergang mit übertriebener Höflichkeit unsere Ehegatten vorstellen würden. Wo wir, ohne unsere Rechnung zu begleichen, mitten in der Nacht in einem gestohlenen Wagen aus dem Hotel verschwinden würden, um unerklärliche Verbrechen zu begehen.

Dennoch würde ich eine materielle Übereinkunft dem chimärischen Flechtwerk der Träume vorziehen. Ich wollte glauben, dass wir gemeinsam ein Auto kauften, das in einer Pariser Werkstatt auf uns wartete und dessen wir uns je nach unseren Reiseplänen abwechselnd bedienten. Oder dass wir unser Schicksal damit besiegelten, dass wir zusammen ein Lotterielos kauften, das Milliardäre ohne Moral und ohne Erinnerung aus uns machen würde.

Dass wir unsere Ausweispapiere, unsere Flugtickets

heit ihm sehr geholfen habe, den Trauerfall zu verkraften, und er deutete an, dass er nicht ungern mit mir geschlafen hätte. Die Dreistigkeit, mit der er vom Friedhof zum Alkoven kam, beeindruckte mich.

Obwohl er eine gewisse freundschaftliche Verbundenheit vorgegaukelt hatte, gab es auf der Karte kein Wort zu Craig. Ebenso wenig wie er Stefano erwähnte, für den er sich an einem Abend angeblich interessiert hatte, wahrscheinlich in der Absicht, mein Vertrauen zu gewinnen. Apropos Stefano, wo war eigentlich das Geschenk geblieben, das ich für ihn gekauft hatte?

Craig

Bei der Abfahrt hatte sie in der Eile neben meinem Koffer eine Tüte stehen lassen, die ein Päckchen enthielt. Als ich es im Taxi öffnete, fand ich darin einen sehr weichen Schal in herbstlichen Farben. Eines jener unscheinbaren Geschenke, die Frauen Männern vorbehalten, die sie lieben. Eines jener Geschenke, von denen Letztere niemandem erzählen, von denen sie sich aber auch nie trennen. Elenas Aufmerksamkeiten gehorchen einer Vollkommenheit von musikalischer Natur.

Wann hat sie beschlossen, nicht aus dem Hotel wegzugehen, ohne mir etwas zu schenken? Hat es sie Zeit gekostet? Wie hat sie es hinbekommen, diese Tüte neben mein Gepäck zu stellen, ohne dass ich es bemerkte? Ein einziges Wort umfasst alle Antworten: Weiblichkeit.

Ich wickelte mir das Wollzeug um den Hals, doch zuvor suchte ich am Boden des Päckchens eine Adresse, eine Telefonnummer oder zumindest ein paar Worte auf einer Karte. Nichts: Elena hatte den Schal der Rhetorik vorgezogen. Eigentlich nicht ungewöhnlich, schließlich arbeitete sie in der Modebranche, nicht an der Universität. Doch im Grunde genommen will man immer mehr. Als ich die scheußliche Undankbarkeit eines verwöhnten Kindes an mir bemerkte, war ich uns, ihr und mir, ein wenig böse. Verärgert knüllte ich das Geschenkpapier zusammen.

Sébastien

Ich beschloss, das Messer loszuwerden, als ich bemerkte, dass es die Blicke der Gäste auf sich zog. Nur die Polizei beachtete es nicht, aber wer weiß? Missverständnisse sind plausibler als die Wahrheit. Kurz bevor ich aus dem Hotel ging, ließ ich es in ein Gepäckstück gleiten. Der Rest ist Sache des Zufalls, der Vorsehung oder der Gerechtigkeit Gottes.

Sébastien

Der Bericht des Gerichtsmediziners wird vielen Gesprächen ein Ende setzen. Arturo Rapanazzi ist an einem Herzinfarkt gestorben. Der Mann hatte ein schwaches Herz, das war alles. Er wurde also nicht erschlagen. Allenfalls hat er einen harmlosen Schlag auf die Schläfe erhalten. Im Übrigen ergaben die Ermittlungen, dass seine Suite nicht von einem Räuber durchwühlt wurde. Die Unordnung, in der man seine Papiere und Kleidung vorfand, hatte ihre Ursache in einer gewissen Nachlässigkeit.

Möglicherweise war der Gast, als er die Tür öffnete, auf eine Hotelratte gestoßen, die sich gerade davonmachen wollte. Dann erlitt er einen Schwächeanfall, und der Dieb geriet in Panik, doch tatsächlich hat er einen unabwendbaren Tod kaum beschleunigt. Kann man überhaupt von einem Kampf sprechen? Die Wunde am Hals war ein leichter Schnitt. Das Herz hat praktisch sofort ausgesetzt. Als man dem Mann aus Parma das seidene Band, über das blassgrüne Elefanten liefen, zusammengeknüllt in den Rachen steckte, atmete er schon nicht mehr. Genau genommen hat man ihn also nicht erstickt.

Seither sucht man weniger intensiv nach dem glücklosen Dieb, den niemand mehr Mörder nennt. Die Ermittlungen werden eingestellt. Der Leichnam ist zur Bestattung freigegeben worden. Die Polizisten verlassen einer nach dem anderen das Hotel. Die Direktion triumphiert.

Bald wird die Welt vergessen haben, dass der Mann

aus Parma in den Armen eines Unbekannten starb, der, statt ihm Hilfe zu leisten, ihm auch noch seine Krawatte in den Hals stopfte.

Craig

Als ich im Flugzeug die Meldung las, konnte ich einen verärgerten Aufschrei nicht unterdrücken. Arturo Rapanazzi gehörte zu jenen Menschen, deren Mittelmäßigkeit alles verseucht, was mit ihnen in Berührung kommt. Macht man sie reich, dann tragen sie ihre Ersparnisse auf die Sparkasse. Tötet man sie, heißt es, sie seien an einer Magenverstimmung gestorben.

Man hat mir häufig mein elitäres Bewusstsein vorgeworfen. Nicht ohne Grund. Aber wird es nicht durch die Tatsachen gerechtfertigt? Wozu seine Zeit damit verlieren, bestimmte Existenzen von dem Baum runterzuholen, auf dem sie ihr Nest gebaut haben? Seit ich die Nachricht gelesen habe, spüre ich niemanden mehr an meiner Seite: Der natürliche Tod hat das Gespenst vertrieben. *Exit* Arturo, dessen einziges Verdienst es war, mir völlig unbeabsichtigt Elena vorzustellen.

Um auf andere Gedanken zu kommen, schloss ich die Augen und verfasste im Geist einen anderen, weniger irreführenden Artikel. Sein Titel lautete: »Mörder verführt Frau mithilfe seines Opfers«.

Elena

Es war kaum mehr als eine Notiz. Ich hätte sie nicht bemerkt, wenn mein Flugzeug nicht Verspätung gehabt und ich nicht die Zeitung zerpflückt hätte, um mir die Wartezeit zu verkürzen. Der dreifach Ermordete ist eines natürlichen Todes gestorben. Am liebsten hätte ich angemerkt, dass dieser Verführer dreier Frauen gewiss von keiner geliebt worden war. Das war mein erster Gedanke.

Der zweite galt Craig, der ein seltsames Interesse an dem Fall gezeigt hatte. Ich sagte mir, dass er sehr viel mehr Einbildungskraft bewiesen hatte als das Leben.

SONNTAG

Elena

Ich war an dem Tag wie verwandelt. Ich kam zurück zu Stefano, zu meinen Kindern, in mein Haus. Auch zu meinen Sachen, die sehr viel mehr als Sachen sind. Ein eng befreundetes Paar kam zum Mittagessen, doch irgendetwas von mir lebte weiter in Paris.

Ich fühlte mich leer, ein wenig schuldig, ein wenig nachdenklich. Ich, die nicht gerne in Hotels wohnt, hatte eine nostalgische Sehnsucht nach den langen Fluren des *Paradise,* nach dem trügerischen Funkeln der Lüster, das von den Spiegeln vervielfacht wurde. Ich versuchte, mich zu überzeugen, dass mir nicht Craig fehlte, sondern die Halle, die Bar, der Aufzug und der Wintergarten.

Craig

Es ist ein einfaches Wort, das unendlich viele Dienste leistet: Zeitverschiebung. Es verschließt den Mund vor allen neugierigen Fragen. Sogar auf Vicky hat es eine magische Wirkung. Sie nimmt es bereitwillig hin, dass ich aus dem Flugzeug steige, als ob ich aus einer Betäubung erwachte, und dass ich jede meiner Reisen – aus technischen Gründen – mit einer gewaltigen Erschöpfung bezahle. Das gibt mir Zeit, meine Erinnerungen zu ordnen, das Erzählbare aus dem Strom herauszufiltern und ihm eine zufriedenstellende Form zu geben.

Ich zensiere das Verbrechen, schweige über Elenas Körper, extrahiere aus meiner Reise einige aufschlussreiche Anekdoten. Der Niedergang Frankreichs ist meine Geschäftsgrundlage. Seit Jahren gibt mir jeder meiner Aufenthalte zusätzliche Argumente. Hätte ich jedoch wirklich recht, dann erledigte sich mein Thema von selbst, was mir, müsste ich den Beweis für die Richtigkeit meiner Analysen antreten, die Butter vom Brot nähme. Ich bereite in Gedanken den Monolog vor, den ich vor Vicky halten werde, wenn ich alles sortiert habe. In der Zwischenzeit gewöhne ich mich wieder an ihre Sommersprossen, ihr Eau de Cologne und ihre Stimme.

Elenas tiefe Klangfarbe rückt in die Ferne. Wie ihr Name. Ich habe eine Datei in meinem Computer LNA genannt. Das ist meine Art, an sie zu denken. Doch der Ordner ist leer, und die drei Buchstaben zeugen von einem beunruhigenden Substanzverlust. Elena magert ab, schwindet, verflüchtigt sich. Die jüngsten Bilder sind die ersten, die verschwinden, hat mich der Arzt gewarnt. Der Verfallsprozess wird sich immer mehr beschleunigen.

Ich erinnere mich an sie. Im Augenblick. Doch ihr Gesicht wird bald verblassen. Vicky ist mein Gegenüber. Ich spüre es genau, sie wird das letzte Wort haben.

Ich habe meinen Koffer ausgepackt. Wäsche. Papiere. Wo habe ich die Aufzeichnungen hingetan, die ich in der Bibliothek gemacht habe? Ich weiß es nicht mehr. Ich verwechsle die Dinge schon. Und dieser Gegenstand, jetzt … Wie kommt es, dass er noch in meinem Besitz ist? Ich dachte, ich hätte einen Mann getötet, von dem die Zeitungen wissen, dass er eines gewaltlosen Todes starb. Ich dachte, ich hätte in einer Straße eine Waffe entsorgt, die ich in der Außentasche meines Koffers wiederfinde. Ich dachte, ich hätte eine Frau geliebt und etwas getan, was nicht wiedergutzumachen ist, aber dieses Wort hat in meinem Fall nicht mehr viel Bedeutung. Die einzige Ewigkeit, die mir noch bleibt, ist die der Kindheitserinnerungen. Ihnen gehöre ich von nun an ganz. Und Vicky, die mir die Augen schließen wird und die ich am Ende vielleicht Mama nennen werde.

SECHS MONATE SPÄTER

Vicky

Der Herbst und der darauffolgende Winter waren die härtesten in meinem Leben. Craigs Zustand verschlimmerte sich schlagartig. Er kam düster, nachdenklich, abwesend aus Paris zurück. Ich begriff, dass wir in einen Tunnel gerieten, aus dem wir nicht mehr herauskommen würden – zumindest nicht zusammen. Lange hatte ich damit gezögert, seine Krankheit vor Dritten zu erwähnen. Jetzt war es nicht mehr möglich, sie zu verbergen. Anfang November stellte er seine Vorlesungen ein und sagte seine Teilnahme an mehreren Kolloquien ab. Danach übernahm ich es, die Einladungen, die er noch immer erhielt, in seinem Namen abzulehnen.

Wir blieben zusammen in dem Haus, das wir zehn Jahre zuvor erworben hatten, am Rand eines prächtigen Waldes in Neuengland. Es hat sich als der ideale Ort erwiesen, um sich in der Demenz zu verlieren. Wir wussten, dass es nichts mehr gab, was das Schlimmste verhindern konnte, dass unsere Stunden gezählt waren. Es gelang uns nicht mehr, uns zu unterhalten. Ich vermied es sogar, ihn anzusehen. Die Tage waren düster, die Nächte erdrückend. Er war weiter deprimiert, während ich im Geist noch einmal den Film für mich abspielte, der uns in diese Sackgasse geführt hatte.

Das Härteste war nicht, mit diesem lebenden Toten zusammenzuleben, sondern zu wissen – was ich nie jemandem gestanden habe –, dass er mich verlassen hatte, lange bevor ihn die Krankheit dazu zwang. Hatte ich ihn im Laufe unseres Zusammenlebens enttäuscht? Es war unmöglich für mich zu erraten, in welchem Moment er aufgehört hatte, mich zu lieben. Die plausibelste Hypothese war auch die grausamste: Im Grunde war Craig nie verrückt nach mir gewesen. Professoren, die ihre Studentinnen heiraten, tun dies manchmal aus Narzissmus. Vielleicht hatte ihn nur die Bewunderung angezogen, die ich für ihn hegte. In mir hatte er eine Schülerin, fast eine Anhängerin gefunden, vermutlich genau das, was er suchte. Zuletzt war ich seine Krankenschwester, aber damit hatte er wohl nicht gerechnet. Was hätte ich ihm mehr geben können? Er beklagte oft, dass es seinen Studenten an Wagemut fehlte und sie ihn mit ihrer Folgsamkeit zur Verzweiflung brachten. Wenn ich diesen Vorwurf hörte, dachte ich oft, dass er zum Teil an mich gerichtet war.

Während des schrecklichen Winters, in dem wir zusammen eingesperrt waren, fragte ich mich, welche Hoffnung er wohl einst in mich gesetzt hatte. Ich konnte keine Antwort finden. In der Zeit, als er noch mit mir redete, kurz nach seiner Rückkehr aus Paris, sagte er immer wieder, dass ihm von nun an, da ihm das Gedächtnis Streiche spiele, das Unvergessliche verwehrt sei. Zielte er damit auf mich? Er sagte auch, dass er mit der einzigen Absicht, über sich selbst zu staunen, darüber nachgedacht habe, eine seltene und unvorhersehbare Tat zu begehen. Wir waren in einem seltsamen geschlossenen Raum gefangen, in dem sich jeder von uns die Niederlagen vor Augen führte, die er erlebt hatte, um sich von dem gemeinsamen Elend abzulenken.

Der Arzt hatte mich davor gewarnt, dass Craig im Verlauf mancher Wutanfälle gefährlich werden könnte. Ich fürchtete mich nie in seiner Gegenwart, auch wenn sich sein Charakter zum Ende hin tatsächlich verändert hat. Es wäre wohl besser gewesen, wenn ich nicht allein mit ihm geblieben wäre. Aber hatte ich eine Wahl? Alle, die uns nahestanden, hatten die Flucht ergriffen. Craig erlebte es noch, dass sich schon niemand mehr für ihn interessierte.

Durch eine Art makabre Ironie kam der letzte Brief, den er erhielt, von einer internationalen Polizeibehörde. Es handelte sich um eine Aufforderung zu einer Anhörung. Eine unverständliche Verordnung verlangte, dass er bei der Bekanntgabe der Ergebnisse von ich weiß nicht welcher Überprüfung von Fingerabdrücken oder DNA-Spuren persönlich anwesend sein sollte, die ohnehin nichts mit ihm zu tun haben konnten. Als Antwort habe ich der Behörde, die ihn vorgeladen hat, einige Wochen später lediglich einen Totenschein zugesandt.

Craig starb zu Beginn des Frühjahrs, an einem lächerlichen Datum, dem 1. April. Mir war keine Zeit geblieben, mich auf diesen Verlust vorzubereiten, obwohl er mich seit Monaten beschäftigt hatte. In der ersten Woche sprachen mir ein paar alte Freunde ihr Beileid aus. Dann folgten seine Kollegen, die mir höfliche Beileidsbekundungen ohne jede Herzlichkeit schickten. Die wenigen Briefe, die ich danach erhielt, kamen von Notaren und der Steuerbehörde.

Elena

Ein Liebesbrief ist eine Flaschenpost. Man wirft ihn in die Fluten, weil die Mole aufhört und man nicht mehr weiß, wie man die erreichen soll, die weit weg sind. Man erhofft sich nichts, und deshalb wäre es ungerecht, sie nicht abzuschicken.

Ich habe lange gezögert, bevor ich meinen bei der Post aufgab, aber ich denke, dass die Menschen, die uns träumen lassen, es verdienen, davon zu wissen, sogar und vor allem dann, wenn man ahnt, dass man sich in ihnen getäuscht hat. Manchmal zögert man allerdings lange, bevor man sich durchringt zu sagen »Ich liebe dich«, und noch länger, bevor man es schreibt. Eines Tages hatte ich das Gefühl, dass ich lange genug gewartet hatte.

Vicky

An einem Samstagmorgen im Spätsommer fand ich in meinem Briefkasten Post aus Italien, unterschrieben mit einem Vornamen, der mir unbekannt war. Eine gewisse Elena schrieb an Craig, von dessen Tod sie nichts wusste, und bestimmt auch nichts von seiner Krankheit. Sie beklagte sich, dass ihr Winter eine schwierige Zeit gewesen war. Sie erzählte ein wenig von ihrer Lage, die weiterhin unsicher war, und endete mit einer eleganten Pirouette, indem sie Craig gestand, dass sie häufig an ihn dachte und dass sein Humor ihr fehlte.

Ich ließ den Brief auf meinem Schreibtisch liegen, denn ich wusste nicht, wie ich antworten sollte. Eine Trauerkarte wäre zu lakonisch gewesen. Ein handschriftlicher Brief zu geschwätzig. Wusste diese Elena überhaupt, dass Craig verheiratet war?

Ich dachte den ganzen Tag, dann die ganze Nacht an diesen Brief, auf den ich gut hätte verzichten können. Er verletzte mich nicht nur, weil er mir ein Abenteuer enthüllte, das ich niemals vermutet hätte, sondern auch wegen der Sorglosigkeit und Unbeschwertheit, in die es offenbar gebettet war. Durch den Kontrast erkannte ich, in welcher Enge ich den Mann eingeschlossen hatte, den ich liebte. Der Brief kam mir vor, als wäre er Jahre zuvor in einem sehr fernen Land abgeschickt worden, in dem wir am Anfang unserer Ehe gelebt und das wir dann verlassen hatten, ohne es zu bemerken.

In den Augen dieser unbekannten Briefschreiberin war Craigs Ansehen kein bisschen von der Krankheit angegriffen. Sie schrieb an den eindrucksvollen und immer zu Scherzen aufgelegten Menschen, der er in den Augen der anderen, einschließlich mir, nach und nach zu sein aufgehört hatte. In ihren Gefühlen erkannte ich die Mischung aus Vertrauen und Unruhe wieder, die mich beflügelt hatte, als ich ihn kennenlernte. Craig kam aus dem Nichts zurück, mit seinem Ruf, seinem Prestige, seiner Verführungskunst, seiner Ironie – aber nur, um der Liebe einer anderen Frau zu antworten.

Es regnete den ganzen Sonntag, und an diesem Tag, daran erinnere ich mich, habe ich mit niemandem gesprochen. Ich habe Fenster geputzt, die Bettbezüge gewechselt und das Haus sauber gemacht. Ich hatte das Gefühl, zum Putzteufel zu werden. Ich kochte mir einen Tee. Beschäftigung einer alten Dame. Als der Abend anbrach und es dunkel wurde, nahm ich mir den Brief noch einmal vor; dieses Mal versuchte ich, ihn mit Craigs Augen zu lesen. Er war immer der Meinung gewesen, dass eine Lektüre niemals neutral sei, dass man sich stets zwingen müsse, gegenüber ein und demselben Text mehrere Perspektiven einzunehmen; was hätte er von dem Brief gehalten? Und welche Antwort hätte er sich ausgedacht? Die Frage stimmte mich nachdenklich.

Ein wenig später erinnerte ich mich an einen Vortrag, den er über den französischen Briefroman im 18. Jahrhundert gehalten hatte. Er hatte erklärt, dass die Briefe uns weniger über die Psychologie ihrer Verfasser als über die ihrer Adressaten verraten. Sie werden immer zu deren Darstellung verfasst, der Briefschreiber spielt dabei lediglich die Rolle eines Zerrspiegels. Folglich drückt der Brief nicht die Gefühle seines Verfassers aus, sondern die, die zu empfinden er sich verpflichtet fühlt, damit der Brief mit Leidenschaft gelesen wird. Ich habe noch die Klangfarbe seiner Stimme im Ohr, in der leiser Triumph mitschwang, als er seine Position erläutert hatte, und ich erinnere mich an die Begeisterung, die er damit auslöste. Was also ist ein Briefwechsel anderes, hatte er geschlossen, als ein großes Gesellschaftsspiel, das auf der Regel beruht, dass jeder mogeln muss?

So setzte ich mich bei Anbruch der Dunkelheit an seinen Tisch, vor einen Block Briefpapier. Es sollte doch nicht unmöglich sein, eine gebührende Antwort an die mysteriöse Elena auszubrüten. Ich meine: einen Brief, den er hätte schreiben können.

Die Herausforderung machte mir Spaß. Sie verschaffte mir das dreifache Vergnügen, eine Rivalin irrezuführen, an meine Jugendstreiche anzuknüpfen und nahezu wortwörtlich die Vorschriften des Meisters anzuwenden, der mein Mann geworden war. Es war mehr als eine Stilübung. Zum ersten Mal seit Monaten hatte ich den Eindruck, Craigs unmittelbare Nähe fast körperlich zu spüren. Er beugte sich über meine Schulter, amüsierte sich über meine Kühnheit, schüttelte den Kopf bei manchen Formulierungen und verweigerte mir bestimmte Bequemlichkeiten. Die Zeit, die seit Wochen nicht mehr zu vergehen schien, begann wieder zu fließen. Als ich auf meine

Uhr schaute, stellte ich fest, dass ich beinahe zwei Stunden an meinem kleinen Meisterwerk gearbeitet hatte. Ich gebe zu, dass ich, als ich den Brief durchlas, nicht unzufrieden war mit dem Resultat.

Ich zog die Schublade auf und nahm Craigs Füller heraus, den ich am Tag nach seinem Tod andächtig hineingelegt hatte. Ich kopierte meinen Brief, ohne dass es mich Mühe kostete, seine große schwarze Schrift voller Spitzen und Schnörkel nachzuahmen.

Der Schluss war noch offen. Für die letzte Zeile fehlte zur Krönung etwas Starkes und Kurzes. Ein letzter Paukenschlag vor der Arabeske seiner Unterschrift. Mir fiel nichts ein. In meiner Verzweiflung flüchtete ich zuletzt zu den beiden einzigen italienischen Wörtern, die ich kannte: *Ti amo*. Das war einfach, ja, aber in dem Augenblick, als ich sie unter die Seite schrieb, spürte ich, dass ich den Nagel auf den Kopf getroffen hatte und dass Craig, weit weg im Limbus, zum Zeichen seiner Zustimmung den Daumen hob. Auf diese Weise würdigte er mich und meine – ein wenig verquere – Art, ihm treu zu sein. Oder vielleicht dachte er, dass zum ersten Mal die Schülerin ihrem Meister Ehre machte. Wie dem auch sei, mit seiner virtuellen Unterstützung unterzeichnete ich ohne einen Anflug von Zögern mit seinem Namen.

Am Montagmorgen schickte ich meine Nachricht an die verblassende Elena auf dem Weg zur Arbeit ab. Seitdem warte ich auf ihre Antwort. Ich frage mich, wie lange ich brauchen werde, um meine Rechnung mit ihr und Craig zu begleichen. Und wie ich ihr, wenn die Zeit kommt, den Gnadenstoß versetzen werde. Doch bis dahin ist es noch weit hin. Im Augenblick genieße ich den Stachel der Ungeduld. Ich öffne meinen Briefkasten und schaudere dabei wie eine junge Verliebte. Wenn die Post kommt, lächle ich gelegentlich allein vor mich hin. Ich frage mich sogar, wie der Briefträger aussieht. Das sind Empfindungen, für die ich schon vor Jahren den Sinn verloren hatte und die jetzt dafür sorgen, dass ich den Frühling wunderbar finde.